礦齋集

이 책은 2013~2015년도 정부(교육부)의 재원으로 한국고전번역원의 지원을 받아 수행된 '권역별거점연구소협동번역사업'의 결과물임.

This work was supported by Institute for the Translation of Korean Classics - Grant funded by the Korean Government.

瓛齋集 1

韓國古典飜譯院 韓國文集校勘標點叢書 / 成均館大學校 大東文化研究院

朴珪壽 著　金榮植 校點

凡例

1. 이 책은 朴珪壽의 文集인《瓛齋集》을 校勘·標點한 것이다.
2. 이 책의 底本은 韓國文集叢刊 第312輯에 실린《瓛齋集》이다.
3. 底本에 쓰인 異體字와 俗子는 代表字로 고치고 校勘記를 달지 않았다. 代表字의 판단은 韓國古典飜譯院 '이체자 정보검색시스템'을 準據로 하였다.
4. 筆寫 과정에서 관행적으로 通用하던 글자는 文脈에 맞게 고쳐 쓰고 校勘記를 달지 않았다.

   例) 己 已 巳
5.《瓛齋集》正誤表에 의거하여 오류를 수정한 경우 본문을 바로 고치고 校勘記를 달지 않았다.
6. 이 책에 사용한 標點符號는 다음과 같다.

   。   疑問文과 感歎文을 제외한 文章의 끝에 쓴다.

   ?   疑問文의 끝에 쓴다.

   !   感歎文이나 感歎詞의 끝, 강한 語調의 命令文·請誘文·反語問의 끝에 쓴다.

   ，   한 文章 안에서 일반적으로 句의 구분이 필요한 곳에 쓴다.

   、   한 句 안에서 병렬된 語彙 및 名詞句 사이에 쓴다.

   ；   複文 안에서 並列·漸層·因果 등으로 긴밀하게 연결된 句節 사이에 쓴다.

   :   직접인용문을 제기하는 말 뒤 및 話題 혹은 小標題語로서 文章을 이끄는 語句 뒤에 쓴다.

   " " ' '   引用 또는 强調하는 말을 나타내는 데 쓰되, 1차 引用에는 " "를, 2차 引用에는 ' '를, 3차 引用에는 「 」를, 4차 引用에는 『 』를 쓴다.

   【 】   原文의 註를 나타내는 데 쓴다.

   ·   書名號(《》) 안에서 書名과 篇名 등을 구분하는 데 및 모점(、) 하위 단위의 병렬에 쓴다.

《 》   書名, 篇名, 樂曲名, 書畵名 등을 나타내는 데 쓴다.

___   人名, 地名, 國名, 民族名, 建物名, 年號 등의 固有名詞를 나타내
        는 데 쓴다.

▨   훼손된 글자의 자리에 쓴다.

目次

瓛齋集　卷二

詩

璩齋集 卷二

詩

瓛齋集 卷三

雜著

序

瓛齋集

標點

《瓛齋集》序〔金允植〕

昔顧亭林先生有言：“文不關於經術政理之大，不足爲也。”夫經術者，修己之本也；政理者，安民之本也。君子之道，修己安民而已，舍是二者而論文，豈足謂貫道之器乎？故文從道出，道以文見。譬如草木之有華者必有實，無實之華，君子恥之。

本朝人文之盛，莫如明、宣之際。垂三百年而得朴瓛齋先生，先生膺名世之期，挺有爲之才。其學自子、臣、弟、友所當行之義分，達之於天德王道、經經緯史、元元本本，其蓄積素養之具，旣厚且深。然未嘗以文人自命，如有所作，則必有爲而發，非汗漫無實之言也。每意到下筆，沛然而達其所欲言，不規規於繩墨尺幅而自然成章。

其論治亂興亡之道、生民利病之源，必反覆剴切[1]，明白痛快，警破時人之昏瞶。論典禮則根據精詳，體裁謹嚴。語交際則誠信相與，而不失自主之體。大而體國、經野之制，小而金石、考古、儀器、雜服等事，無不研究精確，實事求是。規模宏大，綜理微密，皆可以羽翼經傳、闡明先王之道者也。

故其爲文也，春容典雅，發輝有光，使人易解，而無彫繪粉澤之容、艱難勞苦之態。往往如江河之一瀉千里，瀾汗無際，而餘波淪漣，曲折成文，非有本者，而能如是乎？

---

1 切：底本에는 “功”. 문맥을 살펴 수정.

於詩最好韓文公，鴻章鉅篇，時發其光怪陸離之狀，蓋亦深得其神髓也。

嗚呼！先生不幸而處君子道消、小人道長之時，雖位居鼎鼐，而無用賢之實。進而不能展匡濟之策，退而不能遂邱園之志，鬱悒無聊，常掩袁安之涕。然其見於文辭者，沖融和平，無怨誹之意、戚戚之色，蓋不忍實斯時於亂世而自潔其身也。此忠厚之至也。

淵齋尹公，世之篤論君子也。其祭先生文曰：“士有邃學可以尊主而庇民，才識可以坐言而起行，名位可以參贊而彌綸。竟不得展素蘊、流闓澤，而徒使後人想像咨嗟於寂寥之遺編。”蓋自古惜其不遇、嘆其有命者何限焉？亦夫何恨乎公哉？

公之佐王之才，本之於學術之精深，濟之以識量之包恢。平生不欲爲無益之空言，必可以措諸實，譬如閉門造車，出門而合轍。

惟民彝物則之是講，制度謨猷之是究，風壞俗敗之是卹。故其文章，嚼然爲經世之鉅工，不喜藻飾，恥爲矜夸之容。意像清遠，如鳳之翽；音節疏暢，如鍾之舂，通明雅潔，絕塵超凡，如弘璧大圭，陳于廟朝之內，自然貴重，望之有孚尹旁達不可掩之光氣。

蓋其貫穿三禮，博綜子史，透關解繁，得其神韻之所在。淵源乎家庭聞見而歸之醇正，斟酌乎中州名儒而務爲平實，製圓球而包羅六合，考雜服而折衷群說，跋《闓衛》之編則懸料海外之情狀，如燭照物。

少日見識，其大且精者如此，故處之蓬蓽，備嘗艱窶，而不見其窮；進于巖廊，歷揚華顯，而不見其泰。其燕居深念、繞壁彷徨者，吾未知其何事，而惓惓憂愛之苦衷丹誠，屢發於眉睫之外，觀乎繡啓、霙奏、祧議、燕咨，朗然可讀，而辭右相一疏，慨然有追報之餘意，益使人感激，此豈世俗之所可窺測者哉？【此疏本見失】

尹公又曰：“近世有用之才，學識如瓛齋者爲誰？瓛齋既沒之後，如瓛齋者更復爲誰？”蓋傷後人之無可繼者也。

先生易簀之後，先生之弟溫齋尚書蒐輯遺稿，手自撰次而藏之，今溫齋公亦已沒矣。允植蚤遊先生之門，悅先生之道，而知不足以知先生。兹於遺集編摩之役，悉遵溫齋之舊，而刪其繁複，係之以尹公之言弁諸卷首，庶幾無負先生之志也歟！

辛亥仲秋，門人清風金允植謹序。

節錄瓛齋先生行狀草【原狀溫齋公所撰，門人金允植刪補。】〔朴珪壽〕

公姓朴氏，諱珪壽，字桓卿，號桓齋。桓圭之桓，古文從玉從獻，故中歲字號以瓛行。

朴氏源出羅祖，子孫籍潘南。高麗末判典校事諱尙衷，以道學純粹，世稱潘南先生，諡文正。生諱訔，佐我太宗致太平，官右相，諡平度。五世至冶川先生諱紹，直道正學，爲一世推重，贈領相，諡文康。孫諱東亮，壬辰扈駕功封錦溪君，官參贊，諡忠翼。生諱瀰，尙宣祖第五女貞安翁主，封錦陽君，文學直節，世稱賢駙馬，諡文貞。曾孫諱弼均，英宗時官知敦寧，以直諫名，諡章簡，寔公之高王考也。曾祖諱師愈，寡言篤行，文詞瞻暢，贈吏曹判書。祖諱趾源，經濟文章，行己大方，炳曜當世，憂世路多艱，蚤年廢擧，棲遲蔭途。其文篇事實，俱載議政公所撰《過庭錄》。贈左贊成，諡文度，世稱燕巖先生。考諱宗采，敬愼篤實，掌故多聞，官止慶山縣令，贈領議政。以上三代貤贈，以公貴也。

妣柳氏，通德郞諱詠之女，以純祖七年丁卯九月二十七日，生公于嘉會坊之第。柳氏入門時，有馴鶴前導，議政公夢燕巖先生授以玉版，旣而有娠，命小字曰珪鶴。

幼而端方聰穎，風彩峻整。七歲讀《論語》，書鉛槧曰：“孝民可以爲臣。”又曰：“君子可敬而不可侮，小人可侮而不可敬。”議政公見之嬉笑曰：“法言，文中子不如也。”自是文理透悟，日誦千言，十四五文詞大進。北海趙忠[2]簡公鍾永見公詩於他座，卽日來訪，盡日論經術事業，遂訂忘年之交。

公於先輩知遇之感，以北海爲最云。

乙酉夏，翼宗以世子，陪從景祐宮，步出後苑門，來臨公家。公家時在桂山之阿，卽燕巖舊宅也。私室之鶴駕親臨，曠古罕有，公倉猝被引見，端拱肅敬，應對詳明。命讀書寫字，大加獎詡，夜漏報三鼓，乃旋玉趾。

丁亥二月，世子代聽庶政，公以日次儒生，進講《周易》退。春宮語近臣曰：“朴某文學，人謂何如？”於是擧世皆知有殊眷。

戊子[3]春，命進《燕巖集》，且教曰：“爾必有著述，其畢進無隱。”乃進所著《尙古圖說》八十部四百有八十目，其書義例，採取古來名碩、忠良、義烈之事，附以案說，至於國家治亂之幾、民生安危之要、君子小人進退消長之際，未嘗不三致意焉。春宮賜筆墨摺扇，教曰：“熟覽所著，可見富於文述。爾其撰述祖宗盛德可爲模範者以進也。”於是採列朝故實，進《鳳詔餘響》一百首。是時聲名籍甚，人皆謂朝夕登第，而蹉跎逾時，蓋欲老其才而用之也。

庚寅五月，鶴駕上賓，公哀毀屢日，如不欲生。旣而幡然曰：“此吾所終身者也。惡用兒女子任情爲哉！”遂改字以桓爲瓛，蓋寓“自靖，人自獻于先王”之意也。自是廢擧，以書史自娛，家貧借書一讀，終身不忘。久後或勸圖進取，公以詩答之曰：“冷眼看時務，虛心讀古書。最愛寒梅樹，清

---

2 趙忠：趙는 底本에는 누락되었으나 正誤表에 따라 보충. 忠은 底本에는 “文”으로 되어 있으나 역사사실에 의거하여 수정.

3 子：底本에는 “午”. 翼宗의 代理聽政 期間을 살펴 수정.

芬自有餘。"

憲宗時，復修翼廟之政，右賢左戚，有挽回頹綱之漸。

十四年戊申，設增廣試，於是公對策中第，拜司諫院正言、兵曹正郎，出爲龍岡縣令，時公年已逾四十矣。憲宗知公早被先朝眷注，將加擢用，未幾又遭弓劍之慟，公哀號喘瘁，沈綿數朔。庚戌，換授扶安縣監。

哲宗元年辛亥，除司憲府持平、弘文館修撰。六月，憲宗祔太廟，公獻眞宗當祧議，大臣不能絀。【文載集中】

八月，試士湖南，還朝周流三司，及講筵召對，啓沃弘多。

甲寅，按廉嶺左，擧劾無所避，條上便宜數十事，復命特授同副承旨。

戊午，任谷山府使。

庚申十一月，清皇帝避亂熱河，朝廷將派使慰問，而人皆圖免，充公爲熱河副使。

辛酉春，至燕京而還，拜成均館大司成。

壬戌春，嶺南民擾大起，逐長吏、殺掾史、燒廬舍，所在皆然，而晉州尤甚。廷議以公聞望素著，充嶺南按覈使。公以爲"此皆良民也，不堪長吏剝割之苦而群起爲擾者也，不先慰民心，不可按獄"。乃發檄曉諭一道，先查逋吏之積年幻弄者，櫛搔而簸核之，民情大悅。遂按獄而分別首從以聞，一道洽然，列郡扇動者，望風而息。大臣以按獄稽緩奏，施刊削之典，十月敍用，除吏曹參議。

今上【德壽宮】元年甲子正月，大王大妃教曰："朴某受翼廟特達之遇於布衣之時，而未及試用。此時此人，不可無示意之舉。"　其授嘉善階，時東朝垂簾同聽政，故有是命也。遂歷拜同義禁・經筵・春秋館事、兵曹參判、政府有司堂上、承政院都承旨、提學弘文・藝文館、司憲府大司憲、吏曹參判、提舉承文院・典設司。

二月，陞資憲階，漢城判尹、提舉宣惠廳・內醫院，拜工、禮曹判書。二年之內，歷揚華顯，雖外崇虛名，而廟務一無與聞，蓋以公正直，不肯苟從時意故也。

丙寅二月，出爲平安道觀察使。七月，洋船入大同江滋擾，擱淺被燒。美國水師摠兵官移文詰問，公移咨于清國禮部，辨明其時事狀。【文載集中】公以西陲沿海障戍虛疏，議寘東津僉使，又置厚昌、慈城二郡，以處流民。

己巳，解任提舉觀象監，拜刑曹判書、弘文館・藝文館大提學。

壬申五月，清皇帝行大婚，公充進賀正使。公再使燕京，所與交皆一時名士，如沈秉成、馮志沂、黃雲鵠、王軒、董文煥、王拯、薛春黎、程恭壽、萬靑藜、孔憲殼、吳大澂等百餘人，盡東南之美，傾蓋如舊，文酒雅會，殆無虛日。氣味相投，道誼相勖，沈仲復【秉成字】常稱："瓛卿之言，如出文文山、謝疊山口中，使人不覺起敬。"其見推服如此。公東還以後，語到昔日交遊之盛，輒嘆想不已，有趙文子"吾不復此樂"之意也。

癸酉十二月，拜奎章閣提學，進拜右議政。

甲戌九月，疏免爲判中樞。

乙亥正月，日本國使至東萊，請納書契。先是戊辰歲，日本皇室復權對馬守，以其國書通于我禮曹，朝廷以書非舊式却之。爲七年之久，至是又不受，日人大爲挾憾，使船絡繹深入內港，事將不測。公雖在散位，不忍見國家之危，抗論隣好不可不修，書契不可不受，屢警主務。時議猶漠然不以爲意，又拖至一年之久，竟乃迫而後受之。然修辭之際，多失機宜，公亦無如之何。時上下否隔，良謨不入，政亂民散，時事日非，公常仰屋長呼曰："倫紀絕矣。國將隨亡，哀我生民，何辜于天？"遂憂憤成疾。

至丙子正月，以年七十入耆社，八月，授水原留守。是年十二月二十七日，考終于北部齋洞第。

訃聞弔賻如例，丁丑三月十一日，葬于楊州之蘆原坐艮之原。贈諡文翼，勤學好問曰"文"，思慮深遠曰"翼"。

配貞敬夫人延安李氏，郡守俊秀之女，生後公一年而月日正同。賢德作對，相敬偕老，生一子不育，以弟瑄壽子齊正爲子，年十九夭，取近族羲陽以繼之。

公稟聰明俊乂之姿，致體用兼該之學，立身以直方正大，居業以經濟謨猷，古所稱成人之德、經國之才也。

蚤蒙儲君獎許之寵，公之所以益自貴重其身，如執玉奉盈之不敢怠忽，以實其知照之志，可以告天地而泣鬼神矣。故公之中年以後出處，皎然可知，其一戊申年間，憲廟欲修先朝時政則出；其一甲子初元，東朝傳敎稱述先故以褒進之則出。蓋感激殊遇，欲追先帝、報陛下，卽公之平生志事也。

公之初年巷遇，與夫攀慕梧雲之痛，如河西之於仁廟，其中年以後，際遭勝於河西，若將有爲焉。而有志未就，竟齎恨而沒，豈非命耶！

公年二十二，治三禮，始自《儀禮》，以爲"昔人稱《儀禮》難讀者，以經文簡古，參互以見也。"乃爲儀註凡互文相略者，以儀註係之經文下而附以案說，名曰《審定儀禮修解》。士冠、士昏、鄉飲、鄉射，皆以綿蕝習之，著爲凡例。

古者士之盛服有三，玄端、皮弁、爵弁是也。除冕服之外，惟玄端、深衣，其用最廣，故著有《居家雜服考》、《深衣廣義》。

所製儀器曰平渾儀、曰地勢儀，其說俱載集中。

淵齋尹公著《闢衛新編》，公有題評十三段，燕中諸文士爭相傳翫，評之曰："周、孔日月，下燭神姦，昭代《經世文編》，無此高深籌畫。"

己酉祧議，尤爲諸公所稱歎，曰："祔廟一議，有功名教。惜有明爭大禮諸人，見不到此也。"

公雖嚴於闢異，常存仁恕之心。其在平壤時，朝廷方大斥西教，所在教人，令搜殺無遺。平壤素多奉教之民，公曰："民不蒙教化之澤，背正趨邪，苟能導之以善，皆吾良民，多殺何爲？"遂不數一人。

公素有氷蘗之操，厲廉恥崇名節，辭受取與，一毫不苟，雖至大官，妻子恒有飢色。其任關西觀察時，家人念公家貧，爲後日地，潛謀以俸餘買田一區數十結地。及還朝，有鄉人來謁公曰："生近買一莊土，聞'爲公家所先買'云，果然否?"公曰:"無是也。"招問家人, 對曰:"有之。"命持田券來, 出示其人, 其人驚曰:"果是實券, 生之所買卽偽券也。"公曰:"然則偽券無用, 持此實券去。"其人固辭不敢受。家人曰:"彼自見欺, 當徵於盜賣, 何爲出給先買之實券乎?"公怒叱曰:"朝廷大官, 豈可與細民爭利乎!"仍歎曰:"士大夫壞損名節, 皆由於此輩之小忠也。"其人僕僕泣謝而去, 其淸白類如此。

公之仲弟諱珠壽, 字藻卿, 明達夙成, 識悟邁倫, 不幸蚤沒, 公之所終身痛恨者也。公體材中身, 容儀莊和, 聲音淸穩。爲文章, 專主辭達理勝, 而不事起承轉結、照應之陋, 法古而知變, 刱新而能典。書造名家, 畫入逸品, 得其零箋片墨, 皆爲人所寶。其學術淵源乎家庭, 又得師友麗澤之益爲多。外戚則醇溪李公、芝山柳公、念齋李公也。先輩則北海趙公、淵泉洪公、沆瀣洪公、臺山金公、茶山丁公、楓石徐公、橒溪尹公也。 知友則淵齋尹公、桂田申公、圭齋南公、邵亭金公、海莊申公、韋史申公、經臺金公、圭庭徐公、汕北申公也。 皆以經術文章, 冠冕當世, 極一時之盛云。

瓛齋集

卷一

詩

潘南 朴珪壽 瓛卿 著

弟 瑄壽 溫卿 校正

門人 淸風 金允植 編輯

詩

【允植按：先生少有詩才，爲其無益也而不喜作，集中所載詩凡二百二十二首，多弱冠前後作，三十以後，或十年而得一兩首，五十六歲以後，更不作。】

城東詩【并序】

歲己卯秋九月，乘輿謁貞陵，余出東門外，恭瞻羽旄，仍歷覽城東諸勝，時余年甫十三，初遊郊野，故所目皆刱觀。輒效韓文公《城南聯句》步其韻，僅得其半，韓、孟分之，亦此數也。

煙雲起清曉，山川開聖京。
阡陌神化闢，箕尾文象明。
周道繩準治，平原井字耕。
麗譙漘海蜃，粉堞蔓山岈。
萬樹拱秋立，遠鷄市晨鳴。
遲峯刷雲碧，衰葉染霜輕。
松老任盤屈，石秀何崢嶸。
竹影鎖暗畫，澗響跳圓晶。
沙明布瑣玉，梯紅垂團瓊。

水闊帆檣杳, 嶼孤氛霧晴。

年豐見滯穗, 霜落來貢橙。

乘輿謁仙寢, 遊豫忏野氓。

羽旄盛華彩, 車馬喧輧輧。

旞幢[1]擁簇簇, 金鼓震鍠鍠。

神將熚走幟, 龍蛇動風旌。

傳命持箭馳, 將軍按轡行。

侯伏大樹帥, 徐驅細柳營。

介士毅赳赳, 伍馬齊驕驕。

樹劍吐閃閃, 橫鞁露駢駢。

羽儀尙武威, 軍樂是商聲。

蒐獮但閱武, 霜露感衰誠。

聖祖戒縱獵, 瞻楸寓觀兵。

紅傘翥如鳳, 清警奏似笙。

熏風溫且舒, 香塵肅而盈。

和氣凝浮浮, 瑞雲團英英。

何敢不嚴畏? 旋若被恩榮。

兒童喜如飽, 父老欣若賵。

陪班各異制, 戎服又一名。

衣鮮見體偉, 笠圓似蓋傾。

玉頂竦立鷺, 晶纓半潤櫻。

品微毛以刷, 位高絲用頹。

---

1 幢: 底本에는 '旙'. 통용되는 글자로 수정.

貴而紋且藍，　卑則紵染猩。
箭房髹炫燿，　帶環玉琇瑩。
殿監幾叢莩，　照羅一隊鶯。
笠飾勝副珈，　囊佩似繁纓。
皐比璽寶馬，　紅帕御供棚。
迎班穹廬張，　老宰胡牀撐。
種種名色別，　井井制度宏。
營屯倚松岸，　犒炊列鼎鐺。
分均無敢譁，　束嚴靜不爭。
唝唝吃煨餓，　唶唶歠熱羹。
燔炭烈赫赫，　攫翔疾翃翃。
販賣皆餦餭，　荷擔是篢罌。
湊集恐不及，　叫勸若傒迎。
堆梨似宛韠，　綴楂若垂珵。
異香霖後菌，　另粘霜前粳。
口涎葡萄釀，　胃醒桂椒錫。
味淡黃卷茱，　名典筆管蟶。
炙赭蒸郭索，　菹香雜杜蘅。
熟面頻離合，　朋飲相牽縈。
枏睹山僧唄，　猝怕木侯瞠。
鼕鼕優婆鼓，　鏗鏗頭陀鉦。
古鍾驚殷谷，　老佛若瞬睛。
駭竄瞥眼耿，　怒鬭呴聲嚀。
山寺占名區，　別墅競貴卿。

洞府邃若螺，屋脊雄於鯨。

引流開方塘，跨壑起畫宋。

穿林來奧地，隔篠聞閑枰。

庭欄走(穴/糾)篠，池荷委摯鬖。

大老有舊址，遺風猶村甖。

【既還入城，歷尋宋洞，即尤庵先生寓宅遺址而在泮宮之後麓。 有林泉深奧之趣，居人多聚徒讀書者。】

堂黝繞蒹葭，汀白曬鵁鶄。

立壁仰千仞，【壁上有先生手筆"曾朱壁立"四大字】落泉瀕深坑。

客燕蹴淺水，眠鷺立臥樫。

巖孁覓伏虵，【俗傳巖間有千歲金色虵，有道學人來出現云。】林端見超腿。

柴門佇酒保，葑田坐圃傖。

青帘映楓葉，鍾馗貼門桁。

衛行慣踏确，虞呼隱聞訇。

袖香把早菊，耳熱舉大觥。

歷覽多異觀，略記以騁情。

石瓊樓雜絕【二十首○並序】

庚辰四月末，外從祖芝山公以小司寇告暇出城北，送驢招余。尋石瓊、張園諸勝，命賦小詩，輒倣王右丞《輞川絕句》作二十首。

城門半向天，跨空開圓鏡。
去馬與來人，歷歷印空影。

幅巾驢子背，出郭上山樓。
山樓臨澗壑，曉涼翻似秋。

綠蘿通幽逕，流霞拂簾櫳。
樓在春城北，人坐水聲中。

山外日已晏，山中未除涼。
遠岫霽宿霧，茂林涵晨光。

而無車馬迹，時見鶴翾蹮。
爲問此間客，自知做神仙？

惆悵白石亭，眞人讀書處。
唯有一道溪，長向人間去。
【石瓊樓北泉石甚奇，上有白石亭舊址，世傳許眞人所居，眞人不知何代
人，蓋陶桓流也。】

松風吹衣帶，去去山更深。
欲尋莊義寺，應在碧峯陰。
【古有莊義寺，今廢遺址亦不可尋。】

浮嵐欲化雨，滴翠欲染衣。
穿樹雙鶯過，度溪一鷺飛。

細路任行歇，曲崦與廻汀。
轉翠堪畫處，時露半面亭。

樵人津津說，遙點處士家。
千峯雲合處，翳薈長桑麻。

<u>廬山</u>杏萬樹，<u>武陵</u>桃千章。
從古云朱實，食之壽命長。

水光與山淥，日飲朧顏紅。
不是抱犢子，眞定祝鷄翁。

清寂似佛宇，依然欲參禪。
簾影衲衣細，篆煙梵文圓。

酴醾錯繡屏，苔錢幻錦茵。
富貴不與易，傲此山中人。

葛粉輕於霜，蜂瀝甘而洌。
秘方傳者誰？終不博玉屑。

疏酌間茗飲，散棋雜語聲。
偶然得佳趣，使我詩思清。

斗酒聽鶯盡，看雲澹忘歸。
最愛主人屋，鏒檻暑氣微。

主人嗜書畫，滿堂壁不空。
主人嗜花草，繞屋四時紅。

樵歌上平田，跨牛披艸煙。
更見吹笙者，端然坐綠天。

水邊競上馬，翩翩出翠微。
回看登樓處，夕陽半林暉。

夢踏亭雨中

架壑紅亭在，雲重半垂牕。
晚花明冉冉，稚燕度雙雙。
濃翠衣邊滴，層湍席下淙。
故人携酒至，疏雨頻聞跫。

又賦一絕

繁陰清漪處，白雲繞樓空。
迢然一夕興，半雜山雨中。

山齋夏雨驟過

半村風雨半村煙，山鳥啼窗擁晝眠。
墨舞筆歌消夏暑，菰棚、荳架入詩篇。
頻繁舊社乞花字，斷續新豐沽酒錢。
凝坐一番君莫笑，歸雲返照滿東天。

晚眺

昏鴉衝煙墨灑，遠鷺著雲銀纖。
水紋乍舒乍縐，山角半圓半尖。

夜雨見螢

滿天風雨點燈青，幽思迢迢獨掩扃。
山海欲憑千里目，乾坤又有一茅亭。

心馳墳典求難獲，夢入方壺喚不醒。

夜久支頤當戶坐，閑愁無賴感流螢。

得水仙花喜賦二首【并序】

黃魯直有《水仙花詩》，余讀其詩而思欲見其花。客有從燕中購來者，贈余數本，蓋始出我東云。根如圓藕，蒔不託土，置之水中可活。葉長如綠蒲，莖挺如釵股，瓣白蘂黃，如箸之承杯然。本草所謂金盞銀臺者是也。忌煙煤、鹹、腥、鐵氣，最宜琉璃水晶之器，非直合清冷之性，亦足賞其淨澈無埃。類鄭所南畫蘭不土鬚根鬆鬆。貯之梅閣，題之曰水仙室。

青冕、霞帔水濺黃，【陳去非《水仙詩》："青冕紛委地。"】凌波飛去泛空香。

江梅籬落流瓊雪，月樹樓臺映玉霜。

老蚌養珠雲鎖浪，春筍脫籜雨侵篁。

出門一笑蒼茫立，欲向芳洲解瑱璫。

見說湘中有水仙，一番輕蛻更嬋娟。

筠深雨細荒祠在，【《杭州圖經》云："錢塘門外湖上，有水仙王廟。"】

海闊人無古操傳。【《琴苑要錄》：伯牙學琴於成連，既成，成連曰："吾不能移人之情。"乃與之至蓬萊山。留伯牙曰："當與吾師方子春歸。"】

刺船而去不返。伯牙歎曰："先生將移我情。"遂援琴作《水仙操》。】

金盞銀臺承露屑，龍涎、鷄舌侍香煙。【龍涎、鷄舌，香名。《眞誥》云："仙官有侍香之職。"】

從來花面鮮如此，對酒晴窗盡意憐。

雪夜次東坡《聚星堂》韻，賦水仙花

《聚星》韻高轉簧葉，先生只喜吟白雪。

我有玲瓏歲暮友，【水仙一名玉玲瓏，又稱歲暮友。】好作新詩寄愁絕。

月籠珠璣聯更垂，寒凌琅玕凍欲折。

不教軟塵衣上吹，羅幌微動紫煙滅。

霧縠凝濕不散香，氷紈旖旎隨風掣。

却嫌桃李顏色多，暗將芳魂入夜纈。

煖持瓮甌看素濤，【宋人論茶，有素濤語。】冷把玉塵聽騷屑。【竹風稱騷屑】

知是恥上鹵莽眼，綻時遲遲斂時瞥。

可能伴飮文字朋，愼勿對做世俗說。

惆悵詩人吳萊生，狂歌擊碎如意鐵。【吳萊字淵穎，元詩人，有句云："狂歌水仙詞，擊碎如意鐵。"】

又次東坡《松風亭》韻，賦水仙花

曉起開窗雪封村，欲招宋玉降梅魂。

爲和涪翁花惱語，漫提茶鎗先滌昏。【山谷《煎茶賦》，有"解膠滌昏"之句。】

詩思旖旎悟未悟，若尋顆果走冰園。

寶笈貯春來東海，何似黍谷吹律溫？

金珈欲朶沾瀣重，玉臉輕暈著瑞曛。

昔時司花住閬苑，今纔啜騫降月門。【《雲笈七籤》云："月中有騫樹，食其葉者爲玉仙，其身洞澈，如水精琉璃焉。"】

強半含嬌不全媚，猶能解笑未解言。

邇來含杯香滿口，知是倒影入淸樽。

《百鶴圖歌》爲醇溪先生萱闈七旬之慶

> 《百鶴圖》，錢起所畫也。本爲人獻壽作而傳世者。余乃爲之歌，以獻壽醇溪戚叔太夫人七旬讌席，辛巳二月二十六日也。

雲深海山蝙蝠飛，曉色森沈風隨之。

始見古松挺層壁，層壁脩瀑松以奇。

下有雙鶴思全淸，立拳一足聽水聲。

復有衆鶴集松樹，一朵留雲幬巢靑。

林下淸淨趁艸眠，靈芝紫暈雪毛前。
遠鶴盤旋下天際，衆鶴抽呎爭翩躚。

畫人心妙何瓏玲？蘸筆一一留神精。
畫鶴一百各殊態，苦吟十日難容形。

長堤竦[2]立如晤語，三五離離逐朋侶。
稠處雜亂不整齊，洽似春社聚飮醑。

有如延頸佇高陌，意帶惆悵待遠客。
有如儵然臨汀洲，欲圓未圓佳句覓。

明珠、桂花含雙雙，紛紛來赴瑤池席。
於是圓日盪海紅，無數遊鶴披雲中。
且卷且舒看復看，視官雖勞心自閑。
審視小識金線繡，果然祝人岡陵壽，
古人先獲我爲副。

我願仁人長在世，有如百鶴各效三千歲。
我願仁人有孫子，有如百鶴衆多而粹美。

是日中春二十六，居土稱觴上北堂。

小子爲之歌《百鶴》，欲被管絃識喜光。

彩鳥二絕【并序】

千秀齋李公招余書樓額，見牀邊有銅絲小籠。中植長
紅桃樹【假花謂之長紅】貯二彩鳥，飛鳴上下，飲啄自若，
余愛翫久之。及歸公使人提籠而隨之，置書樓十許日
而還之。

淺眠輕夢惱春溫，和聽樓頭數舌翻。

知是蓬萊綠衣使，惜花未覺日紅暾。

我書非敢值鵝籠，曠想猶存晉代風。

半歲臨池東施醜，博來雙鳥已棲橦。

九秋，次杜韻上醇溪寢郎齋居

肅肅齋居地，青山封白雲。

筇停楓、菊裏，目極雁鴻群。

斷瀑懸宵雨，欹松老夕曛。

定知清閑暇，氷雪幾篇文。

冬至日偶成

清早測垂炭，梅花滿仲冬。
淡煙浮數屋，薄雪露千峯。
息旅占雷復，稱觥祝野農。
今朝雲物好，鮮旭入窗彤。

《江陽竹枝詞》十三首，拜別千秀齋李公之任【并序】

> 江陽，今之陝川郡，新羅時爲大良州，一名大耶州，景
> 德王改爲江陽郡，高麗顯宗由大良院君卽位，陞知陝
> 州事，至本朝太宗時改今名爲郡，蓋古伽倻國，以伽倻
> 山在東北爲國鎮，故因以爲國號。

冷冷一十二絃琴，【金富軾《三國史》：伽倻國嘉悉王製十二絃琴，以
象十二月之律，乃命樂師製十二曲，命名伽倻琴。有《河臨》、《嫩竹》二
調，共一百八十五曲。今其器具樂府，南土尤盛傳，官妓多解調彈弄者。】
我解金官古俚音。【伽倻國一名駕洛，又號金官。】
表裏溪山眞太古，【河浩亭裔《澄心樓記》："表裏溪山，具登臨之美。"
樓在郡南。】長懷嘉悉尼師今。【新羅儒理王將立，以大輔解脫有德望
推讓之。解脫曰："吾聞聖智人多齒，試以餅噬之。"儒理齒痕多，遂奉立。
國俗因號君王爲尼師今，方言齒曰"尼"，痕曰"今"。】

孤雲蹤迹似孤雲，尚有書傳《唐藝文》。【文昌侯崔致遠，字孤雲，新羅人。年十二，隨商舶入唐，僖宗乾符甲午，裴瓚榜及第，爲侍御史內供奉，賜紫金魚袋。淮南都統高騈奏爲從事，爲騈草檄召兵討黃巢，巢得檄驚墜牀下。其後充詔使東還，上十事諫王，有"鵠嶺靑松，鷄林黃葉"之語，王惡之，遂帶家入伽倻山，不知所終。自勝國時從祀文廟，所著《桂苑筆耕》，載《唐書·藝文志》。】

學士樓高天嶺郡，金魚猶說舊夫君。【今咸陽，新羅時爲天嶺郡。文昌侯嘗守此，有所建樓，至今名其樓學士。王考燕巖公有重修記。】

千竿脩竹淡村容，【柳思訥《江陽詩》："地僻村容古。"】苔沒題詩逝水溶。【海印寺在伽倻山中，洞天名紅流。有文昌侯題詩石，其詩："狂噴疊石吼重巒，人語難分咫尺間。常恐是非聲到耳，故敎流水盡籠山。"後人名其石爲致遠臺，又稱學士臺。】

若有佳期空悵望，眞人去後月留峯。【伽倻山西迤爲月留峯。李氏重煥《擇里志》云："石勢戍削，人不得到，恒有雲氣冪罩。樵夫時聞樂聲出其上，寺僧或傳霧中山上時有車馬聲。"】

渲染伽倻一半霜，山深雲擁貝多香。

莓苔靑鶴行無迹，紅葉繽紛讀書堂。【世傳文昌侯一朝遺冠屨林中，不知所之，海印僧以其日薦冥禧，寫眞留其讀書之堂。】

秋入江陽水不波，凌空石塔皓嵯峨。

一林疏雨紅流路，誰復騎牛訪脫蓑？【世傳曺南冥植訪成大谷運于報恩。時成東洲悌元以邑宰在座。南冥初證契，仍戲曰："兄可謂耐久官也。"東洲指大谷笑謝曰："正爲此老所挽。然今中秋當待月海印，兄能至否？"南冥曰："諾。"至期南冥騎牛赴約，道遇雨僅渡前溪，入寺門，東洲已在樓上，方脫蓑。曹與二成俱徵士。丹陵處士李公胤永有《海印脫蓑圖》。】

哀然八萬大藏經，閣置長廊鎖鐵扃。
飛鳥不棲塵不集，呵噓豈是佛之靈？【新羅哀莊王三年創海印寺。其後王感異夢，發願入唐，購八萬大藏經，以舶載來。刻板加漆，粧以銅錫。建閣百二十間藏庋焉，至千餘年，櫛然如新，而屋上庭除，飛鳥不止，纖塵不集，亂葉不下，恒若汜掃然云。】

元戎袍笠留高閣，風雨龍歸雲有痕。
一夜松風僧夢淺，却疑鐵馬上山門。【海印寺有元戎閣，藏李提督如松笠袍及所爲詩一篇。蓋明神宗萬曆壬辰，公征倭東來，進兵嶺外，故衣笠遺在於此。】

積雪初消暗水涓，武陵橋外柳嬋娟。【武陵橋在紅流洞口，佔畢齋有句云："虹橋如畫蘸驚波。"】
寒煙細草清明近，太守觀風渡倻川。【倻川在冶爐縣。其源一出武陵橋，一出居昌郡牛頭山，合于月光寺前，此地土沃民殷，山川平廣可樂。】

暇日逍遙涵碧堂，【涵碧堂在南江石崖上，安震記"檐楹飛舞，丹腹輝映，若鳳翥於半空。"】使君胸次映滄浪。

吟風、泚筆渾如此，【吟風瀨在紅流洞，攢峯四圍，怒浪噴風。泚筆巖亦在紅流洞，巨石臨溪，滑如磨礱。】坐見雲生萬竇涼。【姜贊成希孟嘗遊紅流洞曰："有地如此，無名可乎？"遂命名紅流。有句云："鐵削千尋壯，雲生萬竇涼。"】

玉山低合舊宮墟，芳艸萋萋暗水渠。
惆悵大良君去後，剩多螢火散秋除。【玉山，在客館西隅小山也。高麗顯宗所居，至今呼爲宮址。】

尋碑般若寺中來，【般若寺在伽倻山下今廢，有元景和尙碑，高麗樞密知奏事金富佾所撰。】得劍池頭舞劍迴。【海印寺北五里有內院寺，僧玉明構寺，因鑿池得古劍，遂名池焉。】
吹笛黃溪瀑裏坐，【黃溪瀑在郡西三十里，下有深潭。】月光鍾響洞雲開。【月光寺，大伽倻太子月光所刱，有李崇仁詩。】
春社年年正見祠，【正見祠在海印寺中，俗傳大伽倻國王后正見後爲伽倻山神，崔孤雲《釋利貞傳》伽倻山神正見，爲天神夷毗訶所感，生大伽倻王。】一場角戲賣雄雌。【土俗每社日會賽，因設角戲。】
歸途爭像和尙舞，長袖傞傞桂影時。【內院寺有蘿月軒、釣賢堂，濯纓金馹孫記"自海印寺行數里，山益峻而洞壑益盤。嘗聞有明長老者鑿池築室而自老焉。明解吟詩喜吹螺，佔畢公嘗稱螺和尙。遙望峯嵐翠中梵舍，促步而上，是螺所居，左扁蘿月，右扁釣賢，螺嘗作《蘿月獨樂歌》，日夕螺發歌，繼之以舞，髡頭闊袖，婆娑桂影，眞豪僧也云云"。民俗至今像其舞，號"和尙舞"。】

九刹、三樓積雨收，　冶爐秋熟酒新舂。【冶爐縣在郡北三十里，本新羅[3]赤火縣，爲郡屬縣，今革。李氏《擇里志》："冶爐水田極沃，種一斗可收百斗，水澆不知旱，又木綿爲上田，最稱衣食之鄉。東北有萬水洞，深奧可以棲隱。"】

使君來日歌權軫，治化重新大倻州。【權軫本朝人，嘗知此州有美政，民歌之曰："權軫之前無權軫，權軫之後亦無權軫。"】

喜雨應製

癸未端陽雨，翌朝晴。被童蒙之選，入侍于熙政堂，命賦喜雨。

日上蓬、瀛瀲瑞輪，紅雲一朵繞淸宸。
頌騰南畝公田洽，霶趁端陽物色新。
紫陌陰繁遷谷鳥，彤庭風暖蹋香塵。
龍圖鳳展瞻神化，宮樹靑靑萬歲春。

次韻雪鷺族姪《七夕詩》五十韻排律見贈之作

贈我琅玕我有歌，伊人近在碧山阿。

3　羅：底本에는 "蘿"．新羅를 가리킨 것으로 보아 수정.

46　瓛齋集 卷一

衆禽喙喙緣和悅，叢璞頭頭冀斲磨。

文苑徑阡愁灌莽，藝場巾袂羨婆娑。

君能翰墨橫秋漢，我乏才情窒夏河。

樽酒多慳懶漫癖，瓣香擬燒輕清魔。

銅鉥稜角方圓範，繡縷綜纑三五梭。

雜卉徒爭紅爛漫，高岑然後碧嵯峨。

桃花勝錦還輕薄，黃鳥如金憎佌詫。

發彩寧嫌吐綏鶬？蘊光難得孕珠螺。

畫根布葉其誰似？觀水溯源如爾何？

瑲瑟翠瓊風入竹，晃朗空鑑月生波。

年來鉛槧要沈實，疇昔彫鑴任猗拖。

詩禮典型傳自遠，文章光焰藉無他。

操觚才子心先鹵，負笈舉人髮盡皤。

猗角堪憐鹿場逐，蓬茅誰訂兔園訛？

嗟君青藻吟星夕，悅余紫氛逢玉娥。

海市初蒸難審測，冰壺深撼欲摩挲。

廣蒐芬苴和芳菊，并掃鬖蜂與翅蛾。

恐入橋雲橫彩霓，試牽機轂添團窠。

崑岡勝數球琳藪？金石莫窺珠翠羅。

逸韻遠驚碧落雁，新聲深遁銀浦鼉。

願因張曳輕槎快，賒得黃姑一笑瑳。

游藝非須涉獵富，作家終貴持論多。

競開門徑徒紛呫，創製冠裳豈切劘？

妄議韓、歐學酖醁，爭誇李、杜相凌摩。

天葩鮮艷非纖屑，老柏屈盤殊矮矬。

癡僕摘膠欺琥珀，巧工煎石雜璃玻。

叢祠缶鼓懶傾耳，田舍麥瓜[4]羞擁膰。

百琲明珠須有縮，千斤鋼斧詎無柯？

扛時法力愁任、獲，悟處心靈同佛迦。

後出輕新聞益厭，前人樸陋敢工訶？

爭看翠羽巢蘭茗，不識玄龜戲芰荷。

培植芳嘉共耡耰，掃除塵雜興禳儺。

友朋追逐老蒼可，心旨因緣[5]瑣屑那？

大阜快瞻含塊壤，石帆壯觀吞江沱。

北溟政欲知吾醜，絕頂會當凌遠峨。

園庭秋闢陰嘉木，場圃春除秀瑞禾。

素練能令流水白，丹禽不逐鳴鳩咊。

務趨廊廟陳瑚璉，莫效閭閻喧嗊囉。

近日稍聞爲學路，他年同築誦經窩。

名花繞屋收朱實，醇酒傾囊飲白醝。

振蕩文風迴古雅，掃清詩令黜煩苛。

對揚絃誦明時敎，坐療蟲魚習俗瘥。

需世皇猷黼黻煥，同心雜佩蕙蘭纙。

其人可喜多秋氣，斯道惟望味太和。

月落雲停開艸屋，葭蒼露白溯清渦。

4 瓜：底本에는 "爪". 문맥을 살펴 수정.

5 緣：底本에는 "綠". 문맥을 살펴 수정.

韓家宜子親燈火，呂氏難兄推切磋。

夜爛斗箕麗落落，歲寒松檜見倖倖。

子雲玄閣頗寥闃，載酒殷勤月下過。

述懷呈斗陽趙公

癸未仲秋，北海趙公臨話。時公帶奎章閣直提學，告
暇遊丹陽求別詩。

愧我非陳平，門外長者轍。

才薄高軒過，云何賜鑑別？

粵自辟呬時，先輩多提挈。

醇溪經史學，芝山詩禮說。

執燭許隅坐，糟粕任哺啜。

吾生亦幸耳，師友得一室。

譬如學畫家，神境在色設。

強欲效渲墨，其奈迷波撇。

布籌亦有法，非徒縱橫列。

乘除苟未熟，漏五而挂一。

古人弱冠業，原委貴洞徹。

年來坐荏苒，大懼趨瑣屑。

所以蘇氏子，上書韓、富傑。

願盡三大觀，立論頗激烈。

嗟余獨何者？坐獲顧蓬蓽。

文章千古事，勖我以前哲。

仰慙國士遇，俯愧菲薄質。

從今就矩矱，永言受磋切。

眷彼清漢舟，秋水日瀅澈。

車蓋恨莫攀，蓴鱸悵佳節。

九苞古祥禽，丹山應有穴。

變化隨啄抱，羽翮勞摩翓。

公去廣蒐羅，鑑識在一瞥。

先隗敢自比，來者待騠駃。

次龍津田舍壁上韻【三首】

斜陽立馬問田夫，指點江樓遠有無。

桑柘綠煙多勝地，蒹葭秋水溯吾徒。

幾時邱壑經吟詠？此日雲山似畫圖。

遊事今番圓十分，詩緣境好語非誣。

四圍紅葉迷樵夫，鎮日江居俗事無。

秋水帆前開飲社，寒煙磯畔逐漁徒。

山光黯黯通樽酒，江氣沈沈上壁圖。

收盡紅稻兒覓栗，田園樂事不全誣。

主人高臥稱慵夫，更問濁醪釀得無。

偶逐狎[6]鷗臨水趣，仍成抱犢向山徒。

響灘時滌紅塵夢，疊嶂秋開澹墨圖。

居士生涯元似許，江雲湖月兩難誣。【田舍樓扁"江雲湖月"】

乙酉上元夜，與同閈諸人踏雲從橋

樓外雲銷月漾黃，輕寒翦翦惹春光。

煙遮疏柳連街暗，雪壓殘梅滿地香。

幾處彫梁喧管吹，九衢銀燭導衣裳。

良宵不怕金吾禁，被酒歸來更漏長。

走筆題幼臣畫桂

桂樹生南裔，朱實何離離。

幽芳超群品，凌霜鋪葳蕤。

搴裳陟中原，採實掇繁枝。

歸來坐清流，雙手洗濯之。

洗濯復何爲？ 將以遺所思。

---

6 狎：底本에는 "押". 문맥을 살펴 수정.

白雪歲暮行

己丑冬至夜，讀王龍標《箜篌引》，援筆效之。有問："題名云何？"倉卒答曰："此白雪歲暮行。"

白雪歲暮登高樓，寒光矗矗風颼颼。

玄冥用武威不收，地雷潛蓄發無由。

中林春日鳴鵜鳩，繁華亂藥枝上稠。

日月幾何不曾留？深幕煮酒覓重裘。

六龍駕輪疾西投，滾滾不盡江、漢流。

人間事業儘悠悠，志士能無長路憂？

擊壺[7]長歌歌瀏瀏，慷慨爲君解窮愁。

有一男子明兩眸，英豪不比常人儔。

下箸氣欲吞全牛，亦能走馬能擊毬。

天下奇士且陰求，亭障阨塞盡訪搜。

歷覽山川恣遠遊，西極崑[8]崙東之罘。

折節讀書破萬卷，《三墳》、《八索》與《九邱》。

尚友古人相咨諏，下筆有神戛瓊球。

遂登盟壇執鼓桴，斯道寂寞無人修。

翦拂荊榛辨薰蕕，鳴鳳迥異群雀啾。

射策金門拜冕旒，皇王大道陳九疇。

---

7 壺：底本에는 "壼". 문맥을 살펴 수정.

8 崑：底本에는 "崔". 崑崙山을 가리킨 것으로 보아 수정.

祈寒暑雨誰怨尤？陰陽愆和宰相羞。

況又贓吏作民仇，鰥寡孤獨困呻嚘。

徵金責租相牽搜，擊頸枷胠作窮囚。

倒懸蒼生扼咽喉，臣有籌策能綢繆。

勅賜袍笏侍螭頭，咨爾黼黻補皇猷。

疾擊姦憸去蟊蝥，百鍊鋼不繞指柔。

三輔豪傑役邊州，塞北兵聲久未休。

指陳利害盡良籌，奮身為君禽羌酋。

狻猊裹甲飛鳳兜，旌旗十萬擁貔貅。

指揮蹵踏雙鐵矛，手取戎王等蚍蜉。

陰山夜獵雪滿彄，長城凱歌鳴箜篌。

壯士鐵券賞賜優，內府金錢堆繒紬。

微臣不用萬戶侯，顧今四海病未瘳。

仁政風動若置郵，只在君王方寸幽。

聖訓祖述魯與鄒，二帝三王功可侔。

丞相鹵簿駕八騶，君臣契合真好逑[9]。

功成身老賜優游，都門飲餞騰歌謳。

陂田春水碧油油，老臣明農勸犁耰。

桑柘煙霞卜勝區，兒孫繞膝分胠臑。

行人立馬暫夷猶，誰家塋域蔭松楸？

穹龜負石汗如溲，神物騰拏蛟螭蚪。

當時英雄盡羅蒐，恫疑窮民亟瞻覯。

---

9 逑 : 저본은 "述". "君子好逑"의 뜻으로 보아 수정.

爲國未暇爲身謀，先朝大臣功難酬。

史臣書之橡筆抽，如此於君得意不？

人生乃在海東陬，足迹未到帲溝螻。

躄躄空堂意不遒，少見多怪憐鼈鰍。

兔園冊子勤集裒，光陰倏瞥水上漚。

知者處世若雲浮，憂樂榮苦本贅疣。

八十鷹揚佐<u>西周</u>，<u>渭濱</u>白髮一漁叟。

日中未得飯一甌，去釣<u>淮陰</u>城下洲。

數子事業頗讙啾，當其失意龍失湫。

<u>鴟夷</u>見幾<u>五湖</u>舟，<u>侯嬴</u>潦倒抱干楱。

<u>馮公</u>多事彈刪鋘，食無魚肉豈悵惆？

從古驥騄絆紖繘，局蹐屈首<u>太行</u>輈。

鹿得美草鳴呦呦，勸君努力莫逗遛。

櫝中美玉定難讎，垂之竹帛千萬秋。

《中原有奇樹》，爲<u>李德濟</u>慈親六十一歲壽

中原有奇樹，年歲不可知。

根柢既深固，柯葉乃葳蕤。

朱萼開紛紛，碧實垂離離。

上有亭亭巢，下有燁燁芝。

和鳴雙鳳凰，娛戲群童兒。

浥浥甘露滴，莫莫繁陰垂。

不借培壅力，自然英華滋。

善人福且厚，仁者壽無期。

花芳食美實，本巨苗蕃枝。

其理乃如此，斯言定無疑。

誰能知此意，歌以遺所思？

所思西湖客，歸作壽母辭。

《花木歌》，寄安義金得禹【并序】

王考燕巖公莅安義時，邀念齋先君芝溪公，屢爲溪山文
酒之遊。癸丑春，倣蘭亭故事，流觴賦詩，當時文章士
會者甚盛。芝溪公與人書，有曰："僕到花林四十日，處
荷風竹露之館，主人使君時豐政簡，封篆可有三分日
晷，輒來居客位，琴樽古雅。書劍整暇，韻釋名姬，動
在左右。酒酣輒揚扢千古，浩浩落落，此樂可敵百年。"
花林，邑之古號也，有搜勝臺、猿鶴洞諸勝。己丑歲
秋，念齋會伯氏醇溪宜寧任所，得禹自花林往拜，得禹
逮事知印童子也。津津說當時事，念齋贈詩，亦及其先
公事。得禹寄示，仍求余詩，作此詩寄之。

南州客子號信天，去年築屋臨錦川。

錦川流水碧演迤，萬竿脩竹眞可憐。

尺素北走千里足，求我大字侈松欄。

念齋丈人今詞伯，文彩風流追前賢。

花林舊遊詩中說，屈指坐數四十年。

當時勝事播人口，田夫野老猶能傳。

躬及見者今無幾？如君鬢毛亦皤然。

山青水白如昨日，屐痕依然翠微巔。

安得掖下傅雙翼，斗酒與君相後先？

歷歷往事說不倦，坐我搜勝、猿鶴邊。

漢陽四月鶯花晚，綠陰繢戶足晝眠。

強筆作字寄君去，只結天涯翰墨緣。

從今夜夜勞夢想，錦川齋畔月娟娟。

《澆花辭》，爲李德滋尊公澆花齋六十一歲壽

昨日一花開，今日一花開。

昨日花開春正好，今日花老春欲老。

我有玻璃寶瓶水，澆花及此花未老。

不用漢陰桔槔汲，不是少陵被花惱。

鬖鬖雪鬢花風吹，花氣翕然入心脾。

樽中復有百花釀，顏如丹沙長悅怡。

蜂笙蝶舞劇留連，傲醉不省花陰移。

花欲老，澆花遂令花不老。

小圃長留三春暉，歲歲年年此杯持。

《王母醮祠圖》歌【并序】

古絹四幅，通畫女仙凡幾人，丹青黝煤，古色蒼然。所畫不類人家壽障屏幅之屬，而其概則王母醮祀之事也。既失作者姓名，年代無稽，而以筆法審之，要是唐、宋人作也。昔宋眞宗作玉清昭應宮，料工須十五年，修宮使丁謂令以夜繼晝，每繪一壁給二燭，七年而成，其繪畫之精工可知。而如屏障絹素之類，尤當致謹而致美也。後哲宗作上清儲祥宮，徽宗作寶籙宮，以便齋醮之事，於是天下之道觀、靈宮，莫不煥然。而所以藻飾壁宇者，無非仙靈秘怪之迹。今此數幅弊畫，又安知非琳坊寶龕之設，而破廊廢寮之餘乎？與友人申士綏讀罷，仍題以識之。

古畫四幅作者誰？五色黝煤帛化緇。
雲海冥冥天光垂，百十仙人相追隨。
明璫、翠羽擁委蛇，目眩不能分妍媸。
神馬如龍蒼鬣鬐，破浪擊波行駃騠。
搴裳跣足玉雪肌，手持明珠蹢神龜。
戎戎焰髮生琉璃，且行且顧誇訑訑。
高臺危欄百尺奇，平碾玉石無嶮巇。
盤中桃顆雜菌芝，奠以椒醑酌金巵。
有兩仙人手捧之，矯首碧落立不欹。
侑以笙簫赤鳳儀，飄飄衣帶天風吹。

中有一人介圭持，端嚴妙麗挺天姿。

潛心默禱有所思，不言不笑立徐遲。

畫失款記不可知，唐、宋年代總然疑。

但道王母在瑤池，星君月妃醮靈祇。

憶昔汾陰水瀰瀰，秋風吹作漢帝醫。

伊來無人闚涅陂，大道終不披雲逵。

後人猶戀玉瓊糜，二三道士劇狂癡。

真人先生作帝師，大開靈宮潔醮祠。

凌空雲梲與璿榱，鎔鐵金銅作鼎彝。

朱紅桌子窘曹司，金泥題榜滑如飴。

樓閣神仙可相追，天書雲篆悅難推。

安知此畫在當時，獻媚無怪共青詞？

不然畫法爭毫絲，凡工定難筆墨施。

況又王母過頤期，坐噉甘桃足悅怡。

何必鞠躬立偵覘，更向他人祝壽祺？

我聞昔者先王治，馨香黍稷無不宜。

保民一心勤孜孜，四海春光草木滋。

奈之何民窮神愁天下危？斂怨為福吁噫嘻。

若干畫幅且分離，散落人間屢轉移。

當時作者白鬢眉，名姓不傳仍可悲。

吁嗟乎舐粉和墨安足為？

擬古

青青松與柏，在彼山嶙峋。
貞操保歲寒，不改秋復春。
條風有時至，幽音感氤氳。
偶爾欣所託，物性亦眞淳。
悄悄予有思，耿耿紆心神。
豈必相知識？又非愛與親。
北風吹彤雲，大雪下城闉。
群山轉皓皎，萬境杳青煙。
冰溜浸杜蘅，凍靄封荊榛。
安知冥翳中，不有偃蹇人？

瓛齋集

卷二

詩

潘南 朴珪壽 瓛卿 著

弟 瑄壽 溫卿 校正

門人 淸風 金允植 編輯

詩

鳳韶餘響絕句 一百首【并序】

宮詞，盛于唐王建。宋、明諸子皆祖述之，號爲綺麗
輕清、要妙動盪之作。夫治世之音，嘽緩而昌明；衰
世之音，靡曼而纖瑣，傳曰"聲音之道，與政通"，信有
不可誣者。蓋嘗觀夫諸子之作，誠美矣而未能善焉。
以其綺麗乎，則宮室簾帷金貝之繁飾也；以其動盪乎，
則遊衍聲樂狗馬馳逐之紛紜也，夫安有所謂溫柔敦厚，
可以興可以觀，可以爲風教政化之本者哉？抑以諸子
所遇之時，有愧於三代興隆之世，而發之於詩詞、聲
音之間者，自有不得不然者耶？竊自幸生長太平無事
之時，今二十有三年矣。凡家庭之所承聞、師友之所
傳誦、簡冊之所披閱，類皆我列聖朝故事，可以刻諸
琬琰，被諸金石，傳示萬世，永爲典則者也。亟欲作爲
歌頌，如韓昌黎所謂唐一經者，而顧才力淺短，未之能
焉。其猶可倣像而勉爲之者，惟諸子之作爲然，於是謹
採故事之尤著者一百則，各爲一詩而表章之。使後之
讀此篇者，執卷而議之曰"是篇之作，有過於唐、宋諸
子"，是非作者之爲能也，乃我列聖之盛德使之然也，

其何敢以此而自多乎？曰"是篇之作，有愧於宋、明諸
子"，是非我列朝之盛德未洽也，乃作者之才不逮也，
其何敢以此而自解乎？編既成，命之曰《鳳韶餘響集》。
蓋編中所載，皆所以揄揚盛德，不容以巴人下里之音，
自附謙抑。譬如堵磬編鍾獸簴鱗筍之列，代之以瓦缶
村鼓疏漏破敗之器。而若其所按譜而安絃者，乃是儀
鳳舞獸之舊曲云爾。

華山佳氣鬱蔥籠，勤政門開玉殿通。
萬朵紅雲瞻北極，蓬萊旭日照曨曈。

瑤圖八幅儼明堂，千歲神京漢水陽。
政是太平無事日，舜衣深拱殿中央。

> 《國朝寶鑑》：太祖御極四年，命撰進新宮名。新宮曰
> 景福，燕寢曰康寧殿，東小寢曰延生殿，西小寢曰慶成
> 殿，燕寢之南殿曰思政，正殿曰勤政，門曰勤政，門東
> 西二樓曰隆文、隆武，午門曰正門。

六龍飛上海東天，共喜風雲慶會筵。
舞袖春闌文德曲，金觴稱壽萬斯年。

> 《國朝寶鑑》：太祖御極四年，上以庚申夜，召諸勳臣，
> 置酒張樂。酒酣，上曰："卿等相與敬慎，期至子孫萬世
> 可也。"鄭道傳對曰："齊桓公問於鮑叔曰：'何以治國？'
> 鮑叔曰：'願公無忘在莒時，願仲父無忘在檻車時。'臣

願殿下無忘墜馬時，臣亦無忘鎖項時，則子孫萬世可期矣。"上曰："然。"工歌《文德曲》，道傳起舞，遂賜裘衣，歡甚乃罷。

樓臺霽月十分明，除是人間白玉京。
光化門南新唱曲，聲聲認得喜昇平。

　　李墍《松窩雜記》：祖宗時六曹直宿郎官每值良宵，移絲管會光化門南。詩酒歌呼，談飮竟夕，天街煙月，笙管啁轟，眞太平盛事也。

天門一曲獻仙桃，歡喜官家賜錦袍。
捧上文昭行禮罷，九重春色映紅醪。

　　李陸《靑坡劇談》：恭靖大王宮宦官，二月暮偶入園中，積芻傍得桃子數百顆。桃面鮮紅，眞九月霜桃也。王薦于文昭殿，又送于太宗宮曰："幸得仙桃，以獻左右。"太宗大喜，解御袍賜其宦官，卽幸上王宮設宴，終夕而罷。

羽葆逶迤漢水東，三王淸蹕駐離宮。
催呼太僕承傳旨，馳賜天閑八尺龍。

　　《朝野輯要》：世宗大王就東郊臺山，構樂天亭，爲上王遊幸所。定宗避暑廣津，上王與上幸樂天亭，奉邀定宗置酒。上王奉承甚恭，上尤恭，極歡而罷。及暮還宮，上王乘白馬，路中下馬教河演曰："予愛此馬馴良，今以遺主上，尙乘改鞍以進也。"

船船載飯施江魚，異俗流傳釋氏餘。

聞道宮池停月米，陳倉紅粒賑窮閭。

> 《國朝寶鑑》： 太宗大王嘗聞禮賓寺以陳米養池魚， 問
> 之，對曰："月費十斗。"上曰："米雖陳腐，不猶愈於蔬
> 茶乎？ 人有飢饉而不能救，何用養魚？ 其罷之。"

南陽磬石秘千秋，秬黍居然產海州。

天爲聖人新製律，一夔無事夏鳴球。

> 《文獻備考》：世宗七年秋，秬黍生海州。八年春，磬石
> 產南陽。 上慨然有革古更新之志， 乃命朴堧造編磬。
> 堧取秬黍積分寸， 以製黃鍾， 逾月製磬二架以進。 上
> 曰："中國頒磬，不能諧協，今新磬得正，聲音清美。但
> 夷則一枚其聲不諧， 何也？" 堧審視曰："限墨尚在。"
> 卽磨之墨盡，聲乃諧焉。

希音妙曲雜《簫》和，象德《咸》、《英》較若何？

郊廟朝廷新雅樂，丹墀初奏《御天歌》。

> 《文獻備考》： 世宗二十七年， 命權踶、 鄭麟趾等撰述
> 穆祖以後肇基之迹一百二十五章，名曰《龍飛御天歌》。
> 命於宮中鋟梓，以爲朝祭之樂歌，頒賜群臣。後又以此
> 歌作《致和平》、《醉豐亨》、《與民樂》等樂。

方音翻切費呼歔，演出銀鉤玉筯疏。

白碾平江花雪紙，六宮齊習諺文書。

《文獻備考》：世宗二十八年，御製《訓民正音》。上以爲諸國各製文字以記方言，獨我東無之，遂製子母二十八字，名曰諺文。開局禁中，命鄭麟趾、成三問等撰定。

蓮葉金龍吐鐵丸，聖人神智測乾端。
司辰仙子天然走，報刻無煩禁漏官。

《輿地勝覽》：報漏閣在慶會樓南。金墩記曰："上以報時者未免差謬，命護軍蔣英實製司辰木人，時至自報，不煩人力。建閣三楹立三神，司辰鳴鍾，司更鳴鼓，司點鳴鉦。安銅丸、鐵丸，蓮葉承丸，龍口吐丸。凡諸機械，皆藏隱不見，所見者，唯冠帶木人而已。"

心精目巧任工倕，水晷輪鍾總可爲。
誰知欽敬宮中閣，另有《豳風·七月》詩？

《輿地勝覽》：欽敬閣在康寧殿西。金墩記："主上殿下命攸司製諸儀器，皆極精巧，夐越前古。乃於千秋殿西庭建一小閣，糊紙爲山，內設玉漏機輪，上置敧器。有官人執金瓶注之，虛則敧，中則正，滿則覆，皆如古訓。又依《豳風》刻木爲人物、禽獸、艸木之形，按節候布之，《七月》一篇，無不備具。閣名欽敬，取'欽若昊天，敬授人時'之義也。"

大君亭子漢師西，法駕廻時麥滿畦。
喜溢楣間三字額，晚來甘雨野萋萋。

《國朝寶鑑》：世宗幸西郊觀稼，按轡徐行，觀兩麥茂盛，欣然有喜色。登孝寧大君別墅新亭，適時雨霈然，須臾四野饒洽，上喜甚，乃名其亭曰喜雨。

如星銀燭讀書牀，中使頻窺白玉堂。
學士今宵綾被煖，夢酣應復近君王。

《海東稗林》：世宗朝申叔舟直集賢殿，一日漏下二箭，上命小宦往視學士何爲，還報方燃燭讀書。如是者數四，讀猶不輟，雞鳴始報就寢，上嘉之，解貂裘令乘熟睡覆之。叔舟朝起方覺。士林聞之益勸。

啾啾百鳥斂飛騰，撲地長風放白鷹。
恭識聖人臨賞意，清朝臺閣想威稜。

《國朝寶鑑》：世宗渡江，幸衿川觀鷹。回至江上，風雪暴作，波濤洶湧，舟楫不通。上曰："太宗觀鷹不越江，予則涉江，風雪是天譴我也。"

霄漢希微曳屐聲，集賢學士夢魂驚。
平朝院吏欣相語，鶴駕來時月正明。

《海東稗林》：文宗久在承華，沈潛學問，值月明人靜，或手携一卷，步至集賢直廬，與之問難。時成三問等直殿，夜不敢解冠帶。一日夜刻將半，意鶴駕不出，脫服欲臥，聞戶外履聲，呼謹甫而至，乃世子也。

櫻桃花發滿宮明, 葉葉枝枝總睿情。

結子端陽看守別, 每煩金彈打流鶯。

　　成俔《慵齋叢話》: 世宗嗜[1]櫻桃, 文宗手植之, 滿宮皆
　　櫻桃。

忽聞霏微世外香, 金盤擎出紫衣郎。

那知的皪盤中橘, 半是龍章寶墨光?

　　徐居正《筆苑雜記》: 文宗在東宮時, 送金橘一盤于集
　　賢院。橘盡盤中有詩, 卽睿製也。詩曰: "沈檀偏宜鼻,
　　脂膏偏宜口。最愛洞庭橘, 香鼻又甘口。" 筆法爲絶代
　　奇寶。諸學士欲描寫以傳, 自內催入其盤, 諸學士爭扶
　　盤不忍釋焉。

爲憐紅女與農夫, 獻種歸來理績繡。

今歲中宮新帖子, 延祥勝似《鍾馗圖》。

　　《國朝寶鑑》: 世祖敎近臣曰: "中宮欲以四民圖, 代歲
　　畫貼殿壁, 予以爲不可。中宮曰: '食出於此, 衣出於
　　此, 貼而見之, 不亦可乎?' 遂貼之。"

羽葆前頭奏太平, 九霄仙樂引聲聲。

誰知衛士旗竿竹, 選入《簫韶》雜鳳笙?

　　《靑坡劇談》: 光廟嘗幸西郊, 路次望見衛士旗竿, 命

---

1 嗜: 底本에는 "嗜進"。《慵齋叢話》에 근거하여 삭제.

取第某竿來，以爲竹笛，極合樂律。

三甲戰酣春日高，朱槍挺出意麤豪。

一時拜跪丹墀下，點閱班花翠錦袍。

> 《國朝寶鑑》：　世祖御慶會樓，　召宗親、諸將、內禁
> 衛、壯勇隊，敎三甲戰法。分三隊各九人，人持小槍，
> 槍端濡朱。聞鼓而進，甲逐乙、乙逐丙、丙逐甲，戰罷
> 考衣上朱點，以決勝負。

金屏繡閣放寒梅，却似人間煖律回。

半夜內中呼喚急，刑房承旨錄囚來。

> 金正國《思齋摭言》：尹坡平弼商以刑房承旨入直，夜
> 五鼓，傳召刑房承旨入內。至寢殿，光廟敎曰：“今夜
> 寒甚，慮有凍死。京外見囚幾何，速錄以來。”對曰：
> “臣已知厥數。”因歷數以啓，上命入寢內賜酒。因顧向
> 內語曰：“此吾寶臣也。”弼商始知貞熹王后御座密邇，
> 惶懼而退。

追風、發電走龍、獅，想見華亭放牧時。

畫史如雲來設色，宮屏八疊寫神駬。

> 李廷馨《東閣雜記》：太祖所御馬八：曰橫雲鶻，曰遊
> 麟靑，曰追風烏，曰龍騰紫，曰凝霜白，曰獅子黃，
> 曰玄豹，曰發電赭[2]。光廟命安堅畫其形，集賢諸臣製
> 贊以進。

尙房銀器進銅厓，水滴、熏爐制樣奇。

躬率王家先儉德，傳教初下代言司。

> 《羹墻錄》：世祖朝冊王世子，置東宮儀仗，尙衣院請
> 造銀硯爐硯滴。上曰："敎子弟當先儉約，豈可以奢侈
> 導之？"

緋袍、白馬綵花翻，座主、門生舊制存。

——紅牌金寶榻[3]，天童歌舞謝君恩。

> 《筆苑雜記》：光廟親策公卿宰輔，下至流品文官，名
> "登俊試"。賜恩榮宴，壯元以下賜紅牌、鞍馬、唱翁、
> 天童。上曰："古有座主、門生之號，今予親策，予當
> 爲恩門，宜號是殿曰恩政。"越數日，諸人獻爵兩殿，
> 一如門生、座主之禮，東方盛事也。

千朵牧丹萬朵梅，明星綴絡耀樓臺。

特宣文武宰樞入，苑裏陪看火樹來。

> 《慵齋叢話》：每歲軍器寺設火具於苑中，有紙礮、火
> 箭、火竿、火繩之制，互相鞏括，縱橫連亘。每紙礮火
> 發，聲振天地，神箭如星，滿空燁燁。又作火林，刻作
> 花葉、牧丹、葡萄之類，須臾林樹皆焚，唯見紅葩翠
> 葉扶疏綴絡於紫焰靑煙之間。上御後苑，命文武宰樞

2　赭：底本에는 "赤".《龍飛御天歌》에 근거하여 수정.

3　榻：底本에는 "搨". 문맥을 살펴 수정.

入侍，夜深乃罷。

黃金四目赤銅顏，侲子來時臘雪寒。

十二神幢風肅肅，盡驅邪惡報平安。

《五禮通編》：除夕前夜，觀象監設大儺於闕庭。樂工一人爲唱帥，蒙倛四人朱衣假面，黃金四目，蒙熊皮執戈。假面軍卒執十二神幢，樂工十人執桃茢從之。兒童數十著假面、朱衣、朱巾爲侲子。唱帥呼曰："甲作食胸，胇胃食虎，雄伯食魅，騰簡食不祥，攬諸食姑，伯奇食夢，强梁、祖明共食磔死寄生，委陷食陷食櫬，錯斷食拒，窮奇、騰狼共食蠱。惟爾十二神，急去莫留。如或留連，當擘汝軀，拉汝幹，節解汝肉，抽汝肝腸。其無悔。"侲子曰"喻"，叩頭服罪，諸工鼓吹振作，自宮門至城門乃止。

煖帳銷金帀四周，玉樓中夜念邊陬。

繡闥通明流雪色，辟寒那忍御貂裘？

謹按成廟御製《夜雪念北征將士》詩序曰："予思邊事，無夜安眠，中霄起榻者，今已過旬矣。去夜四鼓，覺寢開窗，瞻望蒼穹，星斗向移，曙色似遠，而庭院帶白，晨雞不鳴。怪而察視，乃下雪也。却憶邊戍之苦、征北之軍，不寐至曉，仍賦《小雪》詩。其辭曰：'中霄起榻啓軒行，一念屯邊北討兵。小雪尙繁增夜色，暮寒先入助風聲。飄庭已重梅花信，穿樹猶加柳絮輕。更憶三軍憂挾纊，解貂推火到天明。'"

催呼學士理華箋，龍硯移來玉案邊。

醉裏文章尤卓犖，詞臣到此卽神仙。

> 車天輅《五山說林》： 孫贊成舜孝爲大提學， 成廟甚愛
> 重，每戒飲無過三杯，舜孝曰"謹受敎"。一日上欲改撰
> 事大賀表，亟召大提學。使者十輩，不得舜孝蹤迹。上
> 屢起御牀，待之甚勤。薄晚舜孝始至，露髮不斂，酒暈
> 滿面。上怒曰："曾面戒卿毋過三杯，今不踐，何也？"
> 舜孝曰："臣但倒三器。"上曰："酌何器？"對曰："鍮鉢
> 耳。"上曰："卿旣醉，當召提學。"對曰："不煩提學，臣
> 自撰定。"上命撤，御硯賜之。舜孝書罷，循行一看，跪
> 而進之，文無點竄。上大喜，卽命賜酒，仍呼韻賦詩，
> 無不響應。舜孝仍醉伏，上解藍袍覆之。聞者榮之。

山紅一朵百花前，句引春風霜雪邊。

羯鼓催開嫌太早，宸心都付自然天。

> 《國朝謨烈》： 冬月掌苑署進映山紅一盆。 成宗敎曰：
> "冬月開花，特人爲耳。予不好此，後勿復進。"

金爵銀罍貯滿盤，就中拾得玉團團。

醉起宮筵因拜舞，不知袖裏碎琅玕。

> 《五山說林》： 成廟內藏有一玉杯，清瑩如氷。上每置
> 酒酒酣，輒用此杯命飲。有一宗室特蒙恩紀，一日又命

此杯，其人飲後便袖之，仍起舞，佯仆倒地，杯盡碎，蓋諷諫也。上不以爲過。

盛事喧傳學士群，臂鷹正字出宮門。
今朝多少廚中味，便是君王內府分。

《海東稗林》：成宗嘗召弘文館正字成希顏至閤門。命中官臂賜一鷹曰：“爾有老母，公退有暇，可以郊獵助供滋味。”

不省人扶下殿時，何來金橘落離離。
橘中有核盈懷袖，齎得君親兩樣思。

《海東稗林》：成希顏嘗入夜對，成宗賜之酒果。希顏袖甘橘十數枚，因醉伏不省。中官負之以出，不覺袖裏柑橘迸散于地。明日上下柑橘一盤于玉堂曰：“昨日成希顏意欲遺親，故賜之。”

紫羅毛色眼如星，趾下紅韝項下鈴。
一夕西風雲萬里，上林飛去海東靑。

《國朝寶鑑》：成廟五年，大司諫鄭佸上箚言：“西旅貢獒，太保進戒；文帝却馬，史稱儉德。聖上罷鷹坊，今都牌柳洙常養海東靑，是實未嘗罷也。願放之，使臣民曉然知聖上所尙未嘗在外物也。”上立命放海東靑。

仙樂仙醪寵賜新，集賢學士讀書臣。

蓉山走馬承恩入，紅帕封箋謝聖人。

《海東稗林》：成廟修龍山廢寺，命曹偉作記，幷額“讀
書堂”三字，賜酒賜樂，遣承旨落成之。明朝裁謝箋赴
闕，加紅帕函昇，隨以細樂，榮君賜也。

宮門拜跪贊成臣，昨日南山賜酒人。

坊曲閑遊無不燭，一時光寵動朝紳。

先祖忠翼公《寄齋雜記》：孫贊成舜孝忠孝朴直，成廟
優寵之。一日上晚登慶會樓，遙望南山，值有數人環坐
林薄間。使人覘之，孫公與二客飲濁酒，盤一黃瓜而已。
上卽具一馬，馳酒肉賜之，仍戒曰“明日愼毋謝”。公稽
首醉飽。明曉又來謝，上責其不遵戒，公泣曰：“臣但謝
恩數，他何計焉？”

南山山色月虛淸，別院笙歌樂太平。

內下黃封百壺酒，特分佳節與公卿。

《國朝寶鑑》：成廟二十年八月，上敎曰：“稽於天道，寒
暑均；取於月數，蟾兔圓，古人翫月，良有以也。適值佳
節，借以君恩，選淸涼之地，樂太平之象，不亦美乎？”
遂命政府、六曹、經筵、弘文館、藝文館、承旨·注
書，翫月于掌樂院，賜酒樂。

杏疏槐密選遊場，特地來宣法醞香。

從此泮宮絃誦起，集春西畔是春塘。

《五山說林》：三月上巳，成廟從黃門數人遊後苑，命別監往泮宮看儒生幾人。還報曰："獨有一書生在齋中讀書矣。"上命開苑門召入，問之曰："諸生皆出，爾胡獨留？"對曰："今日令節，諸生或歸家或與同好相聚。臣遠方羈旅，無親戚伴侶，是以獨留。"上曰："諸生何在？"曰："有十餘人方會泮水供具。"上曰："汝試往其處。"有頃中使來宣御廚之膳、上樽之酒，書生招諸人共之，皆大驚。

百尺長竿百尺繩，宮人錯道欲懸燈。
公私廩積高如許，只祝年年大有登。

　　李耔《陰崖雜記》：民俗於元月望日，縛藁作穀穗象，架高竿連長繩，纍纍懸之，以祈年穀。宮中因民俗稍增其制，倣《七月》篇作人物耕種之狀。非欲奇巧，蓋亦務本重農之意。

車如流水馬如龍，曲曲笙歌踏彩虹。
試向錦川橋上望，萬家明月一天中。

　　魚叔權《稗官雜記》：都城相傳"上元夕，踏過十二橋，消本年十二月之災"。是日禁省直士，亦相攜步月於禁川橋，亦踏橋之意。

青春紫藥度金輿，花下千官影不疏。
學士清朝誰第一？袖中遺落《近思書》。

《國朝寶鑑》: 中廟與宰樞設賞花宴于慶會樓。 既罷，內侍拾得袖珍《近思錄》進于上，上敎曰："此必權橃袖中物。"命還之。

芙蓉繡閣水中間，細管清絲半日閑。
新罷梨園女弟子，舍人秋雨獨憑欄。

《海東稗林》: 中廟撥亂之初，李聖求爲司諫，建議罷女樂。故事政府舍人爲中書劇任，故特侈其亭閣池塘，設妓樂以娛之，至是亦皆罷遣。未幾聖求入舍人，有詩云："奏罷梨園爲諫名，却來蓮閣負風情。池塘水滿芙蓉冷，獨憑危欄聽雨聲。"蓋戲語也。李聖求非中廟時人，疑誤當考。

玉帶紗袍朱芾煌，五雲宮闕侍元良。
胄筵講讀衣盈尺，四海春光喜聖王。

《東閣雜記》: 中廟己卯[4]，仁宗方五歲，上御思政殿，見元子讀書。 輔養官趙光祖入侍， 元子絳紗直領、玉帶、黑靴，端拱對案，嶷如成人，訓詁分析，聲音仁厚。天顏喜容不裁。

宮箋如水淨漪漪，五色雲蒸紫玉池。
不寫上林多少樹，江南脩竹有相思。

---

4 己卯：底本에는 "乙卯". 仁宗의 生年을 근거하여 수정.

《侍講院志》：仁宗在東宮，金麟厚入春坊。東宮與語，恩遇日隆，或親至直廬問難。東宮素多藝，不欲表見於人，獨於麟厚賜墨竹畫。麟厚子孫至今寶藏。

布帛羅綺儲滿笥，那知辛苦在蠶絲？
六宮近日機聲裏，歌誦君王織婦詞。

謹按《列聖御製》，仁宗御製有失題詩一首，詩曰："一家有兩婦，巧拙百無敵。拙者念其拙，一日織一尺。巧者恃其巧，百尺期一日。理鬟學宮粧，好逐花間蝶。逐蝶又折花，長笑拙者織。秋風一夕至，萬戶砧聲急。拙者先裁衣，歌舞堂前月。巧者悔何及？天寒翠袖薄。呵手泣機上，梭寒易抛擲。難將花與蝶，敵此風霜夕。"

天廚圖畫溢千箱，箇箇牙籤錦繡囊。
另有陶山新粉墨，朝朝移在御牀傍。

栗谷李文成公《石潭日記》：李文純滉退居禮安，累召不至。明廟嘉其恬退，累加其階，又以"招賢不至歎"爲題，命近臣賦之。又命畫工摸滉所居陶山，爲圖以進，其敬慕如此。

宮花如醉復如眠，宮酒千壺宴相臣。
雲步障邊金步輦，回鑾一曲太平春。

《羹墻錄》：明廟御翠露亭，召諸臣賦詩進爵。首相尙震侍宴，上親爲侑爵，震醺醉伏苑中。上將還內曰：

"大臣在此，不可輦過。"命設帳遮之而後乃入。繼命中
人護歸。

止水靈臺霽月輝，鳶飛魚躍見天機。
內中頒下宸章帖，洙、泗微言濂、洛詩。
　　謹按宣廟御製《諸駙馬》詩曰："爾等好學勤行，予庸嘉
　　焉。偶吟一律以視。靈臺止水淨輝輝，一點纖塵不許
　　依。無極元來本無外，有形方始却有機。一輪霽月乾
　　坤大，數仞宮墻道路微。上面欲尋奇絶處，靜觀魚躍又
　　鳶飛。"

鷄人報曉且遲遲，駐得光陰一線移。
日日萬幾常湊集，天家全少讀書時。
　　《海東稗林》：李文成公珥於經筵啓曰："聞殿下謂侍臣
　　曰'予欲學問，只緣多事未遑也'，誠有之乎？"宣廟曰：
　　"果有之。"珥曰："臣聞此言，一喜一憂。喜者喜上有學
　　問之志，憂者憂上不察學問之理也。學問非謂兀然端
　　坐，終日讀書也。學問只是日用處事，一一合理之謂也。
　　惟其合理與否，不能自知，故讀書以求其理。今若以讀
　　書爲學問，而日用處事，不求當理，則豈所謂學問者
　　哉？"

玉尺金刀織錦箱，內人頒下出尙方。
留中一領蟒龍袞，分付女官仔細藏。

謹按《列聖誌狀》： 宣廟朝， 尙方以欽賜冕服不適於玉
體， 請改造。上曰："此是皇上所賜， 當服之無斁， 何敢
改也？ 予於壬辰， 蒼黃西遷， 宮中物悉棄之， 惟我皇賜
蟒龍衣， 手索提出。此衣至今猶在， 時或披見， 不覺涕
下也。"

寒女機絲夜夜忙， 織來不自製衣裳。

那知吉貝尋常物， 去襯山龍寶袞章？

　　《公私聞見錄》： 宣廟時， 入侍臺臣以近來服飾華美爲
　　言。上披裏衣示之曰："予衣亦綿布， 臣子服用， 豈有
　　過予者？"諸臣惶愧。自是侈習一變。

牙籤緗帙淨無塵， 內府輸來一樣新。

聞說詞垣初薦士， 登瀛誰是讀書人？

　　李文忠公恒福《白沙集》年譜： 宣廟敎太學士李文成曰：
　　"予將講《綱目》， 預選材臣， 俾專講讀。"時漢陰、 廣林
　　與公， 竝膺其選。各賜內府《綱目》。

一領蓑衣一尺鞭， 騎牛公子去朝天。

天門拜賜歸來晚， 滿路人看駙馬賢。

　　謹按宣廟示海崇尉御札曰："聞公受賜觳觫， 欲得蒻笠
　　與蓑衣， 將乘以謝恩信否？ 吾聞君子成人之美， 爲公
　　求得綠蓑衣一部、 白玉鞭一條， 唯笠竭力求不得。 蓋
　　七里灘上嚴子陵已久矣， 世無此物。謹以女帽代之， 更

勝於蒻笠二十分也。　公宜乘其犢，　具此服疾馳以來。
予且跂足佇立以待。"遂爲詩曰："青簑短笛倒牛騎，遙
向天門拜賜歸。駟馬紅塵奔走客，何如公子永忘機？"

泥金大字絳紗籠，處處宸章耀瑞虹。
略識聖人心畫法，只緣供奉在宮中。

《公私聞見錄》：宣廟宦侍李鳳楨常昵侍龍光，供奉筆
硯，頗得宸翰餘法。李東皐浚慶爲首相，召鳳楨責之
曰："汝摸習御筆，將欲何爲？"鳳楨大懼改之。

金箋籤子步搖搖，帷屋粧成品級昭。
近聞都人相告語，天家乳媼不乘轎。

《羹墻錄》：宣廟乳母嘗入謁有干請，上不悅。聞其乘屋
轎，責之曰："貴賤有分，何可僭乘？"乳母步還其家。

十幅宮箋纈海濤，不要花竹與翎毛。
楷書《聖學圖》屏進，溫繹尋常日一遭。

《國朝寶鑑》：仁祖元年，命弘文館以《聖學十圖》及《無
逸》、《洪範》作屏以進，置諸左右。

宮晝如年漏共長，聖心猶惜寸陰忙。
田中更有揮鋤苦，一念應生殿閣涼。

《國朝寶鑑》：仁祖元年六月，上御資政殿，廡下行晝
講，藥院以盛暑請停經筵。上曰："學問之道，當惜寸

陰，豈可以暑停講乎？”不聽。

徹夜經筵響滿堂，明朝有旨禮賢良。
一束生芻人似玉，君王親釋《白駒》章。

> 謹按《列聖誌狀》： 孝廟講《詩》之《白駒》， 誦其註語
> 曰：“自古君臣， 契合爲難。 故韓信對楚使， 亦以‘言聽
> 計從’却之。 果能言聽計從， 賢者豈有欲去之理？”

大家密勿事邊籌，連夜停燈語未休。
想像龍庭風雪壯，御袾宣賜紫貂裘。

> 尤菴宋文正公《內賜貂裘跋》： 去冬， 上下賜此裘， 臣
> 不稱冒辭。 後上面諭曰：“人之相知， 貴相知心， 前日
> 貂裘， 擬於遼、 薊風霜， 共與驅馳之意也。 顧乃不知
> 耶？”臣再拜曰：“殿下之志， 豈敢不知？ 然不世之大功
> 易立， 而至微之本心難保；中原之戎虜易逐， 而一己之
> 私意難除。 此朱子告於時君之至論也。”上曰：“先生前
> 後疏章所陳， 無非此意， 雖甚不敏， 敢不體念。”

嵌空御甲鎖黃金，披挂元戎聽玉音。
早晚師行遼、薊野，一時衝到殺胡林。

> 《國朝寶鑑》： 孝廟嘗大閱于露梁。 先是上以嵌金銀御
> 甲冑、 白羽箭、 角弓， 賜訓鍊大將李浣曰：“閱武之舉
> 在邇， 經營戎務實在大將。 宜有寵異之典， 特以賜卿。”

龍舟晚御大江中，錦繡山河四望同。

京外諸營留扈駕，君王到此閱軍容。

> 《國朝寶鑑》：孝宗六年秋九月，上幸章陵，還至露梁津岸，顧瞻都城歎曰：「美哉江山之勝也！四方漕運之所輻湊，東國王都，漢陽其最乎！」時御營軍及楊州軍陣于沙場，待隨駕軍合爲一陣，總一萬三千餘人。上大閱軍容曰：「雖有此士馬，御之不得其道，亦徒爲無用之卒也。」

雲錦裳紅繡透心，蟠螭飛鳳纈絲金。

自聞主第封書下，宮裏停穿九孔針。

> 《公私聞見錄》：淑徽公主嘗請得一繡裳，孝廟敎曰：「吾方君臨一國，欲以儉示先，豈可令汝着繡裳乎？」

南海龍駒玉雪光，儀賓爭備織金韁。

須臾太僕傳天語，特賜宗親崇善房。

> 《公私聞見錄》：孝廟戊戌秋，濟州貢馬有白質黑鬣體大步健者。時洪益平最長於諸駙馬，余亦新入儀賓，屢蒙異渥。人皆謂龍種不歸洪公，必歸於余，及經御覽，特賜崇善君。不賜寵壻而賜庶弟，眞盛德也。

一粒靈丹欲壽民，金膏、瓊液未爲珍。

流霞、玉食盤中粒，粒粒常思溝壑人。

> 《公私聞見錄》：臣陪孝廟後苑別堂，尙食進午飯。臣

侍食，以水澆飯，飯多不能盡喫。上責曰："量而澆之，
使無所餘可也。餘飯或食禽獸，猶爲有用，下賤全昧貴
穀，多棄穢地，暴殄天物，甚非惜福之意也。"臣後見
撤膳時，御盌無一粒留底，臣銘心至今不忘。

宮田數畝易爲功，秋穫常看歲歲豐。
稼穡艱難言切骨，今人誰似聶夷中？

《國朝寶鑑》：孝廟命世子觀後苑水田種禾耘穫，俾知
稼穡艱難。每誦聶夷中詩曰："田家辛苦，如在目前。"

笑語花間人滿垣，看扶學士出宮門。
經幄儒臣元雋異，暫時杯酌不須論。

《國朝寶鑑》：孝廟御講筵，校理李正英醉不能講讀。
上命下番代講，承旨請推考。上曰："以杯酌之失，責
經幄之臣，豈優容之道乎？其置之。"

軟羅巾服奉箋來，闓闓門前拜謝迴。
歲歲泮宮行飲禮，萬年長醉白銀杯。

《國朝寶鑑》：孝廟命造二銀杯賜太學，宣醞於館官及
齋儒。下御札曰："非以侈也，欲其久也；非以酒也，
欲其和也。"太宗爲前朝國子博士行爵於館中，有青花
盞。及卽位，飭寶藏之，惟多士宴太學，許以行酒。後
失於壬辰之亂，至是大司成金益熙請改造以續祖宗盛
事，故有是命。明日知館事蔡裕後等率諸生上箋謝。

扶桑曉日錦鮮紅，先照王孫白玉宮。

一炷小香凝不散，瀋陽萬里化祥虹。

> 謹按《列聖誌狀》：孝廟在瀋陽，先遣顯宗東還。顯廟
> 每見日出，輒祝曰：「願令父母遄返。」時寶齡甫四歲。

九重春色映流霞，日午宮筵蔭百花。

另樣粧潢新籤子，中官分與講臣家。

> 《宋子大全附錄》：今上在春宮時，同春、市南及賤臣
> 侍講冑筵。一日春宮設酌，侍座臣僚各獻箴規之語。
> 市南曰：「邸下待士之禮，不可不勤；而事師之禮，尤
> 不可不敬。」同春及賤臣曰：「俞某之言，是矣。臣等雖
> 甚賤陋而來自草野，則不可忽待，亦不可忘今日之言
> 也。」邸下曰：「吾何敢忘諸公之言？」即以伊日之事，
> 圖畫爲籤子，各賜一本。謹按《附錄》所述，恭記顯廟
> 在春宮時事也。

雪翎金鏑鵲枝弓，花鷟離披墮碧空。

莫向衆中誇絕技，推仁及物是宸衷。

> 《公私聞見錄》：顯廟朝，內侍全以性善射。一日於禁苑
> 射野鷟，折一脚不能遠飛，棲止苑中。上憐其獨脚蹣
> 跚，每見惻然，天顏不怡者良久。仁愛及物，嗚呼至矣！

養得稚熊禁苑春，靈囿麋鹿日相親。

一朝放爾深山去，應感如天不殺仁。

《羹墻錄》: 禁中嘗養稚熊，內侍等以久必爲患，請殺
之。 顯宗時在東宮曰：“熊雖害人，慮其未然而先殺，
非仁人用心。 宜放之深山。”孝宗聞之大喜曰：“爾之
世，必無以猜疑見殺者。”

一葉扁舟萬頃波，無人撑楫事如何？
殿壁輝輝金燭夜，君王一念一摩挲。

《國朝寶鑑》: 肅廟嘗引見備局堂上，出示一幅畫，乃
滄波萬頃，汎一葉扁舟也。圖有一篇文，乃御製也。其
文曰：“夫治國之道有五焉：一曰好學問也，二曰用賢
良也，三曰納忠諫也，四曰好聞其過也，五曰賤寶貴賢
也。”

蓮燭詩成月在西，曉風無賴辟寒犀。
薰薰忽覺天香襲，紫幘人來降赫蹄。

《國朝寶鑑》: 肅宗嘗夜宣法醞於玉堂，製下七言詩曰：
“雪風如釖折綿寒，金闕沈沈夜已闌。 忽憶登瀛傳御
饌[5]，厭厭醉飽侈恩懽。”且以小序引之曰：“帷幄之臣，
職親地禁，香含鷄舌，講備顧問。卿等俱以文雅，至誠
啓沃，予甚嘉尚。即今寒事漸緊，更鼓漸遲，對天廚之
珍羞，念禁直之寂寥，特賜御饌、法醞兼題一絕，以寓
予意焉。”諸臣進箋以謝，賡韻以進。

5 御饌：底本에는 “二字缺落”. 《國朝寶鑑》에 근거하여 보충.

尙瑞郎官御座傍，紅羅帕子覆匲牀。

伊來詬牒安新寶，爲是皇朝舊印章。

> 忠文公李頥命撰進《明陵誌文》，有曰："臣曾於槐院故紙中，得前明朝成化年所賜印迹以進之，命摸刻作寶，末命'此後嗣位，勿以清國印而用此寶，使萬世子孫勿忘皇朝恩也'。"

官家器服儉爲章，銀鼠皮裘代鷫鸘。

聞有儒臣新奏達，殿前催喚尙衣郎。

> 《羹墻錄》：肅宗朝副提權瑎奏言："外間有銀鼠皮作御裘之說。晉武、唐玄不過凡主，而焚雉頭裘、錦繡帳，以殿下之明聖，豈不若兩君所爲乎？" 上下敎嘉獎之，以御裘未及裁縫者，并下尙方悉焚之。

沁園佳卉葉扶疏，早晚移來白玉除。

一夕內中淸供罷，民間還賜舊棕櫚。

> 《國朝寶鑑》：肅宗嘗求棕櫚，聞前郡守洪萬恢家有之，使掖隷求之。蓋萬恢爲永安尉洪柱元之季子，爲國戚故也。萬恢下庭伏曰："頂踵國恩，毛髮不敢惜，況卉木乎？但雖名國戚，屬疏爲外臣，以卉木進有罪不敢也。臣亦不敢復留之。"卽拔去之。上稱善，遂拔後苑舊種棕櫚木，送還民間。

宮花萬朵復千枝，蜂蝶春來不敢窺。

爲是聖人親釀酒，朝朝殿裏拜金卮。

　　《國朝寶鑑》：　英宗事仁顯王后至孝。　嘗取苑中百花，
　　手自釀酒進于后，時上春秋纔五歲也。

鶴旗青繳出銅闈，班立宮官奉駕遲。
報道高陽三十里，自家今日拜陵歸。

　　《國朝寶鑑》：　英廟在潛邸，　以八月十五日肅廟誕辰，
　　拜明陵，住古靈農舍五日。將造闕起居，暮發至德水
　　川，夜深且無火，憩黔巖撥站。有頃人有牽牛而過前川
　　者，從者告于上曰“盜也”。上謂撥將李聖臣曰：“彼歲歉
　　而迫於饑寒也。然農者無牛，何以耕乎？撥將雖卑亦
　　職耳。爾其善處，牛歸其主，盜勿告官。”聖臣卽如上
　　言。比昧爽上還京第，則鶴駕備儀於邸門之外，蓋已建
　　儲也。

遲遲花影覆宮茵，清晝臨書泣聖人。
爲是先王留手澤，宛然如昨貼黃新。

　　《國朝寶鑑》：　肅廟嘗講《禮記·曾子問》，已籤其自至，
　　因違豫未盡講。　英廟後御晝講，讀至《曾子問》，嗚咽
　　流涕，不能成聲。經筵官齊聲言“《小學》曰‘不忍讀父之
　　書，手澤存焉’，請勿講此編”，上從之。是夕召對宣饌，
　　命有父母者歸遺之，諸臣爭取盈袖，其無父母者，空袖
　　而退。上爲之悽咽，諸臣莫不感泣。

毓祥宮接慶熙宮，展拜頻繁一歲中。

更欲朝朝瞻望近，小樓新起上林東。

    謹按正廟御製《英宗行錄》：王晚年移御慶熙宮，宮苑有亭曰映翠，地聳可以眺望。社稷壇在其西，毓祥宮在其北。王誠孝出天，以不能久侍慈顏爲終身之慕，每於晨朝詣映翠亭，移時俯伏，瞻望毓祥宮，泫然而還。夕必如之，祈寒盛暑，未或廢焉。嘗教曰："予之如此，卽定省之意也。"

千官玉珮響玲瓏，黃幄深深拜帝宮。

風馬雲車瞻髣髴，漫空一氣北辰中。

    謹按正廟御製《英廟行錄》：甲辰三月十九日，卽毅皇帝殉社之日也。王率文武諸臣，親祼于大報壇，自祭前數日，御素齋居。教于群臣曰："《禮》曰'聽無聲視無形'，又曰'齋三日，乃見所爲齋者'。予果有感格之誠意，則皇靈陟降，庶幾臨於小邦。"至祭夜，王虔誠將事，祭已又露伏。至天明忽有白氣彌亘黃幄上，近侍者皆目睹云。

觀耕臺畔柳絲絲，東籍靑紘載耒時。

農丈人星光燭地，明朝太史奏丹墀。

    《國朝寶鑑》：英宗四十三年春，上率王世孫親耕籍田。初上因《周禮》之文，命禮曹撰具獻種儀。前一日，王妃獻種如儀。其日上與王世孫詣東籍。上五推，世孫

七推，宗室、大臣、冢宰以下皆九推。越三日，上與世
孫幸南郊省耕臺，命世孫躬進田畔，問農作之節，察勞
苦之狀。

春來戴勝降公桑，夜饗先蠶親上香。
旋製君王新冕服，六宮齊誦《葛覃》章。

  《國朝寶鑑》：英宗四十三年三月，王妃始行親蠶。前
  一日，王妃詣景福宮享先蠶，仍行採桑禮。夏四月，王
  妃行受繭禮，頒繭于諸臣。是年秋，上親行釋奠，教大
  臣曰：“今者冕服大帶，卽內殿親蠶織造者也。”

北壇親禱露珠旒，絳繖霑來七寶斿。
步軍隊仗還宮路，已聽田間活活流。

  《國朝寶鑑》：英宗二十九年夏亢旱，上祈雨北郊。旣
  初獻，有聲蕭颯，命撤帟雨立，比卒事，冕黻盡濕。

鏗鏗靈鼓奏雲臺，捧日羲和暫佇徊。
終始敬天勤惕念，告辭添入數條來。

  《春官通考·救食儀》：上具翼善冠、黲袍、烏犀帶、
  白皮靴，詣仁政殿階上，向日而坐。觀象監提調進告曰
  “日虧食，請警惕修省”。遂焚香伐鼓救食如儀，至食甚
  又啓曰“日將食甚，請益加警省”。至復圓又啓曰“日將
  復圓，請匪懈厥省”。日旣圓，遂止鼓。

   舊儀只告將食、食甚、復圓而已。英廟朝特命加

警惕措語，著爲令式。

滿天星斗夜闌干，時煥時寒一念端。
聞道江氷千尺合，禮官今曉祭司寒。

> 《羹墻錄》：英宗四十五年冬無氷，遣官行司寒祭。上詣
> 資政殿席地俯伏曰：“《春秋》譏無氷，今蜡享不遠，冬
> 煥異常憂，懼不遑寧也。”漏盡始還內，及曉江氷盡合。

洞闢重門引鷺班，紅雲黼座對南山。
海日初昇仙仗動，天風簫管下人間。

> 《國朝寶鑑》：英廟嘗教曰：“昔宋藝祖云：‘洞開重門，
> 政如我心。’法殿臨御之時，惟闢兩夾。人君御殿，豈
> 同常時？今後御法殿時，洞開三門。”

紗籠對對接天明，清蹕紛紛抵漢城。
到此凝旒停玉輦，雲從街上暮鍾聲。

> 謹按正廟御製《英宗行錄》曰：“王嘗教曰：‘予動駕至鍾
> 閣，或值漏下鍾鳴時，住駕，鍾聲止乃發。此朱子同安
> 聞鍾點檢走作意也。’”

漫漫東風日色鮮，瀛洲新綠已芊綿。
天心愛玩生生意，芳艸偏承玉案前。

> 謹按英廟御製《自省編》曰：“春草之方生也，常有周濂
> 溪庭草不除之心，不忍傷之也。”

太倉腐米樂豐年，主上親嘗百姓前。

教取一盤紅粒子，中官捧過御牀邊。

> 《國朝寶鑑》：惠廳奏："紅腐米積之既久，反傷新穀，
> 請輕價發賣，以無用爲有用。"英廟教曰："善。然若其
> 不可食也，豈容欺元元乎？予當爲民先嘗，速取紅腐
> 米來。"

蔥籠宮苑近清明，巢鵲營營繞樹鳴。

如此群生皆自樂，原田辛苦幾人耕？

> 謹按英廟御製《自省編》曰："予於一日，坐便殿接臣
> 僚，有鵲入殿內，銜席毛而去。此爲營巢也，見之不覺
> 惻然于心。此心苟能擴充，民皆有奠居之樂，而惜乎不
> 能推實心而行實政也。"

異瑞嘉祥日不虛，靈芝九穗產庭除。

只緣聖德撝謙甚，簪筆天官未敢書。

> 《國朝寶鑑》：有異草生於苑中，其莖九穗，其色紫青。
> 掌苑者採獻曰"靈芝"也。英宗教曰"予以此爲瑞，則四
> 方獻瑞者紛紜矣"，却之。

二百儒生擢禮闈，幞頭、鈴帶唱名歸。

今年進士恩光別，新着天朝舊賜衣。

> 《國朝寶鑑》：英宗欲復進士科幞頭、襴衫、戴蓮花、
> 聞喜宴之制，然襴衫未知其制。筵臣有言："故吏曹參

判金功奉使時，明神宗皇帝賜幞頭、襴衫，功歸藏于安東學舍。」上命進之，於是生進衣服，悉復明制。

煌煌睿墨寫雲雷，鱗甲如生動鬐鰓。
聞說文孫初誕降，神龍擁護吉祥來。

　　謹按正宗御製《景春殿記》後錄小識曰：「殿之東壁，有畫龍焉。蓋予生之前夕，先親夢有龍入寢室，既而生予，遂仿像其夢中所睹，而手畫之壁上，所以志卜熊之喜也。至今紙墨如濕，鱗角若動，予每瞻玩其手迹，未嘗不涕汍瀾也。」

祈穀禮成復勸農，綸音寫出百千通。
吰然黍鼎雷鳴處，聲合黃鍾第一宮。

　　謹按正廟御製《社稷祈穀日和昌黎辛卯雪》詩小序曰：「躬詣社壇，肅將祈穀祀事，黍鼎若鍾鳴，爲大有之徵，而屢驗如期。且既雨而雪，萬樹生花。『社雨報年豐』，有宋人之詩，而昔昌黎製《辛卯雪》詩以紀豐兆，其歲果斗米三錢。遂取和之，恭寓祝農之誠。」

《陽秋》筆法講宣尼，典學巍然萬世師。
村樣杯盤名洗冊，慈心猶憶尺衣時。

　　謹按正廟御題《春秋完讀日慈宮設饌識喜》詩序曰：「記昔幼少時，讀完一帙，慈宮輒設小饌以識喜，俗所稱『冊施時』之禮是也。今日以有事輒聞之義，告慈宮以

《春秋》之完讀，慈宮視小子若幼小時，略備酒餅如村樣，遂與監印、懸讀諸人共嘗之。"

編成《人瑞》獻丹闈，南極星光入紫微。
萬八門前來上壽，君王先着<u>老萊衣</u>。

謹按正廟御製《人瑞錄進箋日聯句》序曰："《人瑞錄》之印進也，予與元子，親受于便殿。是日也，天氣清朗，化景淨妍，耆耉臣與於校閱者二十人，各以其子、孫、曾、玄，扶將而入，引翼傴僂，濟濟蹌蹌，甚盛觀也。慈宮宣饌，壽觴交舉，渥顏華髮，輝映樽俎，及退簪花詫榮，雅樂填街。觀者嘖嘖，往往有私自圖繪者。"

<u>芙蓉亭</u>下百花香，特地仙遊卜夜良。
岸上人同樓上見，萬川明月一輪光。

謹按正廟御製《內苑賞花釣魚夜登芙蓉亭小樓》詩序曰："是夜月明，予謂諸臣曰：'原韻有宮林待月輪之句，卿等汎舟太液可乎？'重臣<u>李文源</u>應聲登舟，從之者十九人。乃給玉笛壺酒，沿洄于亭嶼之間，紗籠三十，對列樹池邊，與花光月色，上下輝映。御芙蓉亭小樓以觀之，列侍者閣臣六、史官一，其餘坐池岸。樓上人與舟中人相語，呼韻分軸，應口相和。"

樓船三百大江心，十里朱欄接地陰。
不是虹橋觀壯麗，萬千省得度支金。

神嵩紫閣倚青空，鳳舞龍蟠鎮海東。

表裏山河千里國，扶桑瑞日萬年紅。

謹按正廟御製《龍驤鳳翥亭記》曰：　"予於顯寢之歲覲也，以津涉船艙，其役也巨，其費也數，設舟橋於鷺梁之江，置司管其事。因購江上一小亭，爲駐蹕之所。予以橋成之翌年辛亥登斯亭，　時則天方曙而日初旭也。紅雲蕩漾，素練淸瑩，環江諸峯之如墮如拱如髻如鬟者，出沒交映於簾霏几嵐之間，而海氣溙泱，千里一碧，神嵩崒于北，江漢紀其東，龍之驤而蜿蜿如也，鳳之翥而翩翩如也。乃命大臣之造班者，大書'龍驤鳳翥亭'，揭于檐楣。"

瓛齋集

卷三

詩

潘南 朴珪壽 瓛卿 著

弟 瑄壽 溫卿 校正

門人 淸風 金允植 編輯

詩

孝明世子輓章 三首【代人撰】

帝降元良降不遲，溫文英睿挺天姿。
執中精一傳心法，繼照离明藹孝思。
政是重華攝理日，欣逢文后無憂時。
云何一夕前星晦，穹輿茫茫艸木悲？

羽儀肅肅出城闉，雨咽風號雜去塵。
紗燭搖光渾似夢，輿鑾警節怳疑眞。
已知無福哀東土，更奉何辭慰北宸？
淸晝書筵今寂寞，靑宮樹木爲誰春？

嗚呼至德久難忘，沒世輿情迄百王。
八域奠居安衽席，百靈昭格奉珪璋。
至治想望星雲瑞，大義高懸日月光。
史不勝書說不盡，哀歌哽咽豈成章？

樓璹《耕織圖》一卷，似是宋內府物，感而有題

生長輦轂下，初未慣耕織。
一牛民苦樂，多因畫圖識。
齊民無他術，農桑卽家學。
《豳風》衍義編，行當為誰作？

去歲獻賦時，往來田舍前。
盛德應不泯，誰更畫圖傳？
一部課農書，先臣富議論。
如何蠹魚篋，寶藏摺帖痕？

同申士綏西凌湖泛月【二首】

野航橫坐對清流，萬斛閑愁半已休。
鷗鷺鄉中一輪月，魚龍頭上五更秋。
漁樵遲暮桃源樂，經濟蒼茫杞國憂。
醉裏偏憐垂釣客，蘆花睡罷雪盈頭。

凌人湖水碧如煙，載酒重來月滿船。
遠近漁歌歸樹際，有無山影落樽前。
帆風欲我乘長浪，機石憑誰問宿緣？
詠史高情何處是？牛江秋色冷堪憐。

歸《周禮註疏刪翼》

爲問當年謝太傅，東山高臥意何如？
由來滿地蒼生計，一部周公熟爛書。

歲暮寄人

山人索居久，志業近何如？
冷眼看時務，虛心讀古書。
漁樵歲月晚，著述經綸疏。
最愛寒梅樹，清芬自有餘。

除夕步渭師寄示韻

守歲燈明絶點氛，銅籤重疊夜難分。
伥歌繞郭迎春氣，煌火行空破夕曛。【《東京賦》："煌火馳而星流，
逐赤疫於四裔。"】
殿裏祠臣鳴玉佩，【洪元龍方受香在南殿】林間高士詠《停雲》。
飲中文字新年約，花信東風已暗聞。
倦眸暈燭紫成氛，滾滾流光此夜分。
把得新書封未柝，送歸佳客日初曛。
海中仙果遲生子，澗底高松欲拂雲。

爾我居然同老大，擊壺豪歌遠相聞。

紫閣峯頭霽夕氛，君家如畫望中分。

橋梅飄霞迷深逕，巷柳和煙隔晚曛。

濟上樓臺曾白雪，蜀國詞賦又《凌雲》。

遙岑好有幽棲鶴，清唳因風夜夜聞。

去臘久旱，元朝見雪識喜，仍次前韻

瑞雪霏霏壓祲氛，元朝豐占足三分。

烹茶鑪烘排微冷，照字牎明駐薄曛。

入地蟄蝗猶臘沍，【立春前日故云】度空候雁已春雲。

虎門知有呈祥表，贊拜聲長隔苑聞。

春日南山人家飲茶，龍岡登眺

傍山得茅堂，蒼翠數椽足。

入牎列岫遠，成門老樹曲。

客來松風急，欣然披襟裓。

石寶汲乳泉，紋瓢甖藤斸。

柏薪喜芳烈，茶煙出林綠。

諒非隔人寰，自然少塵俗。

追隨二三子，眞淳意彌篤。

獨造務精深，修辭去繁縟。
眷茲層邱上，萬戶明遲矚。
感慨復何如，懷哉古人躅。

渭師嘲余不喜作詩，輒以一百韻解之

山人習疏慵，詞賦久拋擲。
十載不作詩，筆硯荒塵積。
免被聲病拘，快活頗自適。
其友二三子，吟哦誠苦癖。
逸響追曹、謝，秀句傳膾炙。
驚人語不休，群詠聒隣宅。
怪余太散漫，掩門守窮僻。
修吭縮不鳴，默如籠中翮。
不及疇昔日，詞場與酒席。
豪歌每擊壺，狂吟時岸幘。
無乃喜惰遊，病根日沈劇？
時時操韻語，來試發其隙。
味陳五侯鯖，寶列波斯舶。
恐余迷不顧，溫言相誘掖。
有如久坐禪，急走愁蹞蹙。
尚賴徐扶起，無令困疾迫。
念君珍重意，柔翰強自搦。

舊學尋要領，條貫推襞積。

希音久不作，君子任其責。

別裁親風雅，斯語不可易。

平心述所聞，聊備君所擇。

聖人日以遠，微言散群籍。

幸甚《三百篇》，手澤在簡冊。

性情所感發，總非強模索。

邪正無虛辭，哀樂皆實迹。

所以先王觀，民風斯可獲。

聲音有隆替，義理無今昔。

降自西京下，作者踵接蹠。

沿流而溯源，千載同一脈。

溫柔敦厚教，前後無間隔。

豈用浮靡辭，藻繪空浪籍？

河海帶五嶽，流峙自開闢。

七耀絡渾天，旋斡明輝爍。

雷鼓而雨潤，百果奮甲折。

聲氣屈伸際，龍虎與蠖尺。

異氣之鍾毓，金膏又水碧。

羽毛及花葉，纖瑣妬紫赤。

天地包至文，不與人秘惜。

驅使萬品得，智者無遺策。

天葩吐奇芬，不曾費彫劃。

天籟涵金石，不假鑄無射。

飀融樂昌明，激昂悲窮阨。

瑰麗攬宏闊，瀟灑探幽賾。

所遇各殊境，發言不同格。

含和吐明廷，峨冠躡珠舄。

清廟朱絃瑟，三歎思無斁。

璜聲曳蒼玄，端委奉璋璧。

《呦鹿》賦嘉賓，《振鷺》酬我客。

金鼓翻溟渤，凱唱振窮磧。

馬飲長城窟，銘勒燕山石。

獨向衡門宿，抱膝長嘯嘖。

謇誰在中洲，蒹葭秋月白？

爾服何修姱？蘭佩長三尺。

佳人不能忘，行吟怨空澤。

乃或陽九會，擎天手一隻。

正氣萬古存，轟天雷赫赫。

孝子孤臣思，征夫離婦謫。

血朋心友言，感激出肝膈。

當其噴發時，誰能強挽逆？

知非巧僞思，襲取手捫摭。

繁聲或亂雅，可怕舌頻咋。

墮井捉月猴，竄庫齧鐵貘。

淆濁一泓泉，耗鈍千枝戟。

化爲惡詩魔，往往寄喉嗌。

大雅久寂寞，叫號恣躑躅。

狡者無定計，趲趲跳猛蚱。

愚者守一區，艸泥鳴螻蟈。

涕唾拾前棄，自豪腕屢扼。

衣冠假優孟，登場扇一拍。

戴幘被于䯒，掀髯冒巾幗。

朽眭笑蜯珠，壞卵欺蜂珀。

無恒百舌鶪，易窮五技鼫。

碎瑣矜瞻博，硬奧賭覆射。

依俙如說夢，聽瑩須重譯。

蕭索如嚼蠟，滋味難指摘。

清新與警絶，誇許方嘖嘖。

其於風人旨，毫末曾補益。

最是虛曠病，漸染侵危㟪。

專心猶賢乎，豈不有博奕？

嗟哉吾黨士，被服皆逢掖。

氣味同醇蘭，文字貴粟帛。

六經奉圭臬，群言築藩柵。

開帙見聖師，摳衣足跋踖。

夢寐遊黌橷，啜醴薦脯腊。

潔白媲華萼，清苦厲氷蘗。

內絶芬華念，外謝耳目役。

新知亦舊知，柯葉期松柏。

山中多白雲，清風吹日夕。

我往荷野笠，君至躡高屐。

別來得奇文，疑義待尋繹。

嘉穀爛盈庚，鑿之簸糠覈。

良金暾出礦，鎔之漉鉛鈆。

於心不犁然，到底不相釋。

然後發吟哦，所得皆精液。

君廄百駟馬，悉龍文虎脊。

詩道係污隆，實關民肩瘠。

如何袖手坐，隨衆視脈脈？

所憂非我力，無乃近自畫？

《詩》、《禮》相表本，吾言非闔捭。

先理經曲文，三千又三百。

中元夜獨坐，月色甚佳

中堂月射葛衣涼，竹柏交陰夜色蒼。

虛白光華生曠室，空明雲水泛方塘。

絕癡自看眞機動，習懶都無俗事忙。

如此清寒眠不得，一天風露曲欄旁。

夏篆使君示詠白芍藥詩，神情幽遠，聊次其韻

婥約仙人月下過，坐來瑤艸長枝柯。

胸中錦繡元非少，世上芬華未足多。

全潔豈羞手版玉？　異香應近御衣羅。【手版玉、御衣羅，芍藥、
牧丹，俱有此名。】

百花春晚紅塵黦，窈窕芳標不染痾。

經臺宅拜韋庵公遺像，仍瞻明道、晦庵二先生小眞

我昔志氣如初陽，夜夢多在周、孔旁。

伊來好觀古圖像，每逢佳本喜欲狂。

夢寐怳惚本無迹，空花秋雲思微茫。

傳神未必高手手，往往典型不全亡。

經師易獲人師難，文字糟粕不可詳。

目擊道存斯爲大，素絲朱藍語難忘。

涪翁門外三尺雪，冷嚴中有春煦藏。

百源深山夜如海，虛明燈火儼高埨。

先生無語弟子侍，夫豈寥悄守空堂？

《鄉黨》篇出門人筆，宣父在座垂帷裳。

甚矣嗜學二三子，曲意摸寫追遺光。

恨無妙墨繪百幅，下自洙、泗遡羲、黃。

君家《易》、《禮》有承受，影堂雜儀日焚香。

況有洛、閩兩夫子，熏蘭玉軸庋屋梁。

我來再拜三歎息，不覺整襟引鏡色矜莊。

嗟爾鬚眉顴眸無不具，奈何戚戚路岐空彷徨？

秋晚同淵齋、邵亭、經臺，城北賞楓，宿金傴庵，歷僧伽禪房，
往返得古、近體凡七首

西風吹雨過，森肅衆峯秋。
淫翠連山郭，飛泉響石樓。
丹沙杳消息，【白石亭，相傳爲許道士煉丹處。】叢桂可淹留。
忽覺禪房近，雲邊梵唄流。

枯禪老石特相憐，赤染藤蘿秋色鮮。
香薩婆生木榻下，白蝙蝠入茅衣邊。
雲霞遍地疑無路，星斗橫簷欲界天。
怊悵東林鍾響斷，遠公消息亦多年。

煙霞宿債未全還，秋夢尋常邱壑間。
不買烏犍耕樂土，且騎白鹿訪名山。
爛柯刼外收殘局，流水聲中傲醉顏。
芝艸琅玕行欲問，上方百尺爲躋攀。

禽號山窓曙，佛燈猶炯炯。
衆壑方迷離，初旭已峯頂。
石泉冷淪漣，逼坐心神澄。
散衣長松下，晞髮宿醺醒。
山廚供脫粟，香蔬雜苦茗。
闍梨獻短筇，瘦如野鶴脛。

危磴抱穹石，龜曝或撐鼎。

山影隨人轉，儼恪揖方玶。

密葉礙角巾，虛谷答高謦。

俯視萬家邑，魚鱗錯畦町。

人物眇如此，天地忽高逈。

事業固無窮，樽酒且酩酊。

絕頂霜落風氣悍，夜燒松葉紙閣暖。

臥聽水石韻丁當，怳從天際下簫琯。

吾儕憑茲小培塿，胸次差寬消煩懣。

儘有人作物外觀，心降氣調履坦坦。

壞色餠飯僧兩三，欲尋津筏迷要窾。

喜君乃有平等眼，寒燈隔壁語款款。

明朝開門辨歸路，碧山盡處江湖滿。

千峯插昊片雲飛，昨夜行人宿翠微。

流水亦知餘戀在，一林紅葉泛同歸。

盤陀百步石，遇水作洞府。

終古以舂撞，磨濯不辭苦。

紙戶占溪曲，【造紙局徒役也】曬箔同漁罟。

傍詢居民樂，俯羨游魚聚。

東家酒初熟，墻頭可喚取。

贈申僉使觀浩城津之任

可耐深樽話別離，明朝何處最相思？
嗚呼畫角孤城冷，況復關山落月時？

塘卒晝眠邊市開，桑蓬夙志獨徘徊。
寶刀鏽澀傳家久，瑟海波清一洗來。

佳人裘帽戎裝如，馬上琵琶恨有餘。
玉貌少年膓似鐵，篝燈雪夜獨看書。

穹廬煙火接江頭，宛馬今成識者憂。
塞上無人能聚米，河、湟圖記若爲求？

別李而春虞侯

春城雪花連朝昏，我自留醉水南村。
塞驢擁帽歸來晚，凍靄明滅迷山樊。
四望皎然煙火絕，愛此松篁青滿園。
銀碎玉亂石磴路，是誰凌寒來敲門？
有客自言閱歷富，胸中磊磈無處售。
昇平空賦食肉相，健軀常苦款段瘦。
湖南幕府二千里，如今去作都虞侯。

職微豈能酬國恩？ 聊爲就食非衣繡。

多君有此慷慨辭， 都無離愁登雙眉。

士而懷居聖所戒， 況君與我本殊岐？

南溟春早魚大上， 番藷如腕怠青篛。

轅門鼓角傍修竹， 籬燈影裏紅橘垂。

更喜越女白勝雪， 舞罷凌波塵生襪。

他日相逢定何如？ 凡此可樂非吾說。

耳目所得皆實事， 尋常胸次存氣節。

丈夫志自設弧辰， 傍人大笑君莫哂。

不然寧就雲水邊， 黃茅爲屋二頃田。

安能奄奄房闥內， 擁衾喫鬻過百年？

呈徐楓石致政尚書

尚書經室如禪龕， 清晝樂與年少談。

公言昔拜燕巖丈， 洗劍亭子秋江潭。

文章千古豈細事？ 雅俚眞贗勤訂參。

法古能變新能典， 斯道從來無二三。

海門漭闊電光挈， 亂揷青峯蒸煙嵐。

須臾疾雷捲急雨， 萬古長江流淡淡。

此樂如昨六十載， 我今雙眉雪鬖鬖。

得公文字每傳寫， 尚有戢戢書盈函。

小子顓蒙生苦晚， 承述家學力不堪。

嗟公風流及前輩，野服今復謝組簪。

醫國深袖經綸手，林園樂事聊分甘。

我來求讀《十六志》，海市百寶難窺探。

今人不屑事功末，政書、農書生魚蟫。

獨公議論耳甚熟，學無適用吾實慚。

穎尾求田聞將就，澄波萬斛揉新藍。

翻車響中飛水鳥，桑椹閑時眠春蠶。

漁人、樵子屢爭席，社酒山花紅酣酣。

隔江豈少林泉勝？欲尋佳處結茅菴。

但把黃卷問實事，聲律藻繪非所諳。

儻公不要閑吟詠，杏花盛時過溪南。

擬古呈楓石庵

有車十二乘，當中懸明珠。

後者望前者，歷歷見眉鬚。

前塵接後塵，餘光照長衢。

君遊方崑圃，我來自蓬、壺。

蓬、壺何所見？曾從羨門徒。

粲然發雲笈，火棗啖醍醐。

妙音聞簫珸，神丹窺鼎爐。

崑圃多積玉，美者白如瓠。

煩君題綠字，虯龍鬱蟠紆。

留與後代人，知此言非誣。

多見古君子，每與後生娛。

欲問珍重意，正復如此無？

清水樓會淵齋病友，舊游多不至。稚沃前數日先過，德叟直省中，渭師聞明朝當來，作三絕

忽隔層城待友難，溪風喧夜坐危欄。

際天螺黛群峯色，留與明朝走馬看。

是誰先我過山樓？老木清蟬韻語留。

怊悵爲尋君坐處，盤陀白石在中流。

碙水松風秋夢遲，重來忽憶去年時。

金門獨有聽雞客，如此清寒不肯知。

題扇贈李伯擧翰鎭三絕

萬里中原七月還，雪天巾袂井田間。

酒筵當日留箴語，便面遺文若可攀。【先王考游燕還也，樂西京之
勝，爲留幾日，有"萬里中原七月還，雪天巾袂井田間"之句。是時伯擧，
先王父寔爲之主也。臨別王考有戒酒之箴，題扇相贈，詩及箴文不在家

稿中。不侫今從伯舉聞之，而伯舉家於辛未潢寇之警，被亂民搶刦，文字舊迹蕩無存者。當時遺墨不可得見，不勝愴悒。】

儒術傳承書滿家，父師遺澤長桑麻。
班生投筆非無志，執戟從王亦足誇。【伯舉世以儒學傳家，代有著述，今伯舉忽捨去學射，中武科故云。】

軌涂經緯憶曾論，朝市之墟確證存。
犁底殘甌能潑墨，未央、銅雀總兒孫。【有一友人游西京還，說井田恐是箕王都邑舊墟，未必商人七十之制，蓋前人所未道也。今聞諸伯舉，益得其證，願得一片土中古甌，旣破此憾，且作硯材。】

送李元常 在恒歸報恩

書生太濩落，中觴歌慨慷。
囊無買山錢，恒存巖壑想。【余與元常比隣而居，每晨夕相遌，語到山水舊游，意未嘗不仙仙也。蓋元常於方內名勝，筇屐殆遍，輒有買山偕隱之語，元常今能遂其素志，而顧余未能也。】

滄江雪華滿，此日有歸舟。
盡室鹿門計，那用別離愁？

會有南遊日，行訪處士廬。

青山一千疊，水竹問何如。

窮達戀明主，未能便相隨。
縱有耕桑地，我愛常袞詩。【常袞詩：“窮達戀明主，耕桑亦近郊。”】

山中風雨夕，何以慰相思？
非無一樽酒，惆悵難重持。

無玷擬處子，有地皆薄氷。
行藏豈二致？斯言堪服膺。

橋頭小集，同人共賦

君亦書淫擁縹黃，良宵清讌市燈光。
風來疏牖傳琴韻，雲曳寒泓浣墨香。
白玉難分手中塵，醇醪且醉眼前觴。
今人枉解茅蒐服，不獨緇冠衽在旁。

御祝降香導後先，故人今日翠微巔。
漸看白者移過樹，可有清詞上問天。
石廩亭亭風掃雨，滄洲淼淼水生煙。
旅楹梡嶽周旋慣，能賦登高也更賢。【聞渭師見差三角山祭官，方在山頂。】

辛丑暮春，同人宿石瓊樓，諸友次壁間杜、蘇絕句，余步爲長句，間押仄聲轉韻

郭北十里攢青峯，太古秀色春重重。

山中彈丸誰氏子？紅桃一簇開丰茸。

我來政逢新雨足，百道飛泉鳴寒玉。

同遊盡睡清不眠，枕底風潮浮夜屋。

四十無聞古所嗟，幾何禁得鬢毛華？

羞學《飯牛》歌白石，欲向句漏尋丹沙。

喜二三子有餘興，青鞋不曾愁泥濘。

定無奇事樂不勝，招邀佳期來相證。

芳菲婉晚遲出門，壞人不覺守一村。

書生胸裏疏迂說，要與流水長松論。

我生定賦野鹿性，洗耳一日塵根淨。

葛巾涼生溪風勁，臞顏紅借山花映。

準擬此間覓樹栽，臨水多種百本梅。

起樓西崦幽絕處，看君跨驢度橋來。

辛亥除夕前夜宿玉堂，士綏伴直。余偶誦"豈知玉堂同夜直，臥看椽燭高花摧"之句，士綏問作者爲誰。余依俙認爲歐[1]陽永叔爲梅聖俞作也。士綏因題一詩，以此爲落句，苦要余和之。明日考檢，始知非歐陽也，乃東坡《武昌西山》詩中語耳。其序曰："元祐元年十一月二十九日，與翰林承旨鄧聖求會宿玉堂話舊事。聖求嘗作《元次山窊樽銘》刻之巖石，因作此詩，要聖求同賦云云。"且非"豈知玉堂同夜直"，乃"豈知白首同夜直"也。余舊業荒廢，記其膚郭而已，爲士綏言之，且曰："君爲我誤，我被君困，其事適相當也。"相與一笑

瀾翻緗帙飲紅梅，海內論交廿載來。
相對鬚眉傲霜雪，試將衣帽拂塵埃。
沈沈畫省年光晚，杳杳銅籤曉漏催。
白首豈知同夜直，臥看椽燭高花摧？

士綏原韻

集賢學士古歐、梅，宦迹參差去復來。
經卷藥鑪淹歲月，詩囊華蓋走風埃。
烏衫聽漏疏星轉，彪鬚添霜暮景催。
豈意玉堂同夜直，臥看椽燭高花摧？

1 歐：底本에는 "歌". 문맥을 살펴 수정.

辛酉孟春之六日，集鶴樵書室，分韻"幽賞未已高談轉清"，余得轉字。時余奉使熱河將出疆，聊以長句留別諸公

故人留我開小宴，尊酒便作都門餞。

都門西出四千里，使蓋遙遙指赤縣。

平生夢想帝王州，瞥覽中堂空流羨。

《三輔黃圖》眼森森，意中轣轆車輪轉。

今朝出門眞快活，舞騑周道平如輾。

諸公端合爲我賀，胡爲離愁眉頭現？

豺虎縱橫鯨鯢出，風塵鴻洞陸海遍。

兵强馬壯豈足恃？綱紀一失此可見。

況復西域賈胡說，矯誣人天來相煽。

皆言斯文厄陽九，天下胥溺誰能援？

端門痛哭雖未必，蜀江溯峽諒不便。

吾曹盡是磊落人，非爲小別生眷戀。

嗚呼聖人豈欺我？請君且莫憂思煎。

六經中天如日月，窮陰復陽爭一線。

當年佛教賊中國，盡化禽獸卽轉眄。

南朝四百寺安在？而今人笑犧代麪。

滓穢太淸亦暫爾，如彼集霰消見睍。

傳聞馬六、新嘉坡，緐繹文字有書院。

頗似《論語》、《孝經》文，伊呂波寫日本諺。

縹籤緗帙走海航，歲課動計書萬卷。

異端剽竊古來有，任他文飾恣誇眩。

久後生出魁傑人，慙愧晚覺私智穿。

環瀛市地血氣倫，歸我同文夷一變。

從知消息往來際，不無風雨雜震電。

書生豈曾識時務？此日榮被專對選。

白檀、濡水知何處，漠雲塞艸問行殿。

勸君多釀一斛酒，西屯金鯽美可饌。

歸來重論天下事，濃陰遲日鶯百囀。

辛酉暮春二十有八日，與沈仲復【秉成】·董研秋【文煥】兩翰林、王定甫【拯】農部、黃翔雲【雲鵠】·王霞舉【軒】兩庫部，同謁亭林先生祠，會飲慈仁寺。時馮魯川【志沂】將赴廬州知府之行，自熱河未還。後數日追至，又飲仲復書樓，聊以一詩呈諸君求和。篇中有數三字疊韻，敢據亭林先生語，不以為拘云

穹天覆大地，岱、淵限青邱。

聲教本無外，封疆自殊區。

擊磬思襄師，乘桴望魯叟。

父師稅白馬，鴻濛事悠悠。

而余生其間，足迹阻溝婁。

半世方冊裏，夢想帝王州。

及此奉使年，遲暮已白頭。

攬轡登周道，歷覽寅諏諏。

浩蕩心目開，曾無行邁愁。

春日正遲遲，春雲方油油。
野闊鶯花滿，天遠煙樹浮。
深村懷管寧，荒城弔田疇。
徘徊貞女石，風雨集群鷗。
再拜孤竹祠，大老儼冕旒。
俯仰增感慨，隨處暫夷猶。
幽州其山鎮，醫巫橫海陬。
萬馬奮蹩踏，雲屯西南投。
秀氣所鍾毓，珣琪雜瓊璆。
庶幾欣相遇，無術恣冥搜。
君命不可宿，行行遂未休。
軫勞荷帝眷，館餼且淹留。
孤抱鬱未宣，駕言試出游。
懷哉先哲人，日下多朋儔。
契托苦同岑，聲應鼓響桴。
尚論顧子學，軌道示我由。
坐言起便行，實事是惟求。
經學卽理學，一言足千秋。
先生古逸民，當時少等侔。
緒論在家庭，我生襲箕裘。
曩得張氏書，本末勤纂修。
始知俎豆地，群賢劃良籌。
遺像肅清高，峨冠衣帶褒。
欲下瓣香拜，慇懃誰與謀？

邂逅數君子，私淑學而優。

天緣巧湊合，期我禪房幽。

相揖謁先生，升堂衣便摳。

籩實薦時品，爵酒獻東篘。

須臾微雨過，古屋風颼颼。

纖塵湆不起，輕雲澹未流。

高槐滋新綠，老松洗蒼虯。

福酒置中堂，引滿更獻酬。

求友鳥嚶嚶，食萍鹿呦呦。

此日得清讌，靈眖若澄周。

嗟哉二三子，為我拭青眸。

《廣師》篇中人，不如吾堪羞。

名行相砥礪，德業共綢繆。

壯遊窮海嶽，美俗觀魯、鄒。

總是金閨彥，清文煥皇猷。

總是巖廊姿，巨川理楫舟。

經濟根經術，二者豈盾矛？

禮樂配兵刑，曾非懸贅疣。

高談忽名數，陋儒徒謷咻。

訓詁與義理，交須如匹述。

一掃門戶見，致遠深可鉤。

總是顧氏徒，端緒細尋抽。

總是瓛卿友，判非薰與蕕。

幸甚魯川子，灤陽晚回輈。

傾倒清晝談，酒酣仲復樓。

傷心伯言公，宿草晻松楸。

喪亂餘殘稾，朋友爲校讎。

文章千古事，寂寞如此不？

從茲詞垣盟，獨許君執牛。

銅章紆新榮，江湖道路脩。

行當辭金闕，五馬出蘆溝。

潢池方多警，中野宿貔貅。

容色無幾微，中情在分憂。

充養自深厚，臨事得優游。

我車載脂膏，我馬策驊騮。

取次別諸君，東馳扶桑洲。

餘情耿未已，那得不悵惆？

眷茲畿甸內，夷氛尙未收。

莫謂技止此，三輔異閩、甌。

百里見積雪，杜老歎呻嚘。

況復挾邪說，浸淫劇幻壽。

努力崇明德，衛道去螟蟊。

燃犀觀水姦，怪詭焉能廋？

斯文若有人，餘事不足憂。

遼海不足遠，少別不足愁。

由來百鍊鋼，終不繞指柔。

兩地看明月，肝膽可相求。

題《完貞伏虎圖》【幷序】

《完貞伏虎圖》，黃緗芸雲鵠爲太高祖母談孺人作也。述孺人守節全孤之迹，以求一時士友之詩若文，亦及於余。緗芸之言曰："孺人身受無窮之苦，而後人坐食其報，輒念之潸然。嗚呼，此孝子慈孫所不能自已者也。"余見世家巨族溯求其先德，莫不有哲媛賢母爲之基焉，今夫黃氏宗族益茂，有方興未艾之象，悉談孺人賜也。緗芸之追慕無窮，又焉能自已哉？因是而余亦有感焉。吾十世祖諫議公以直節，爲憸人所擯擠，卒而葬於大嶺之南。有子五人，啼號滿室，夫人洪氏提携稚弱，間關千里，北歸王城，教誨成就，皆爲名公卿賢大夫。孫曾至五十餘人，而女孫爲昭敬王元妃，前明朝誥命曰："出自元宗，作配名邦"，歸震川之文也，在其集中。子孫益昌，遂爲世臣巨閥，向非先祖母勞苦辛勤，遂作遐陬土氓無疑矣。每念當日情事，當如何怵惕耶？以此知緗芸之感激先故，有與余同者，而不敢以詞拙爲辭云爾。

亂山合沓人迹絶，林間艸屋依積雪。
小兒在背覓梨栗，大兒在手求提挈。
更有嬰兒褓抱中，且乳且啼聲嗚咽。
誰家阿母罹百凶？飄泊異鄉那堪說？
月落風高天深黑，有虎雷吼山石裂。
夜夜稚幼眠不得，驚投母懷皆顚窒。

阿母毅然啓戶出，詔虎一語何烈烈？

虎乃側耳若有聽，逡巡掉尾歸巢穴。

程嬰存孤心最苦，楊香搤獸情更切。

精誠格天天應泣，於菟何敢來噬齧？

却怪惡人惡於獸，冥悍欲將天理滅。

誰謂猛虎不可馴？天爲貞婦完奇節。

代有聞人食其報，涪翁世家綿瓜瓞。

黃君感激爲此圖，追慕辛勤膓欲折。

何人更抽中疊筆，鋪述其事賢媛列？

還君畫卷三歎息，新詩寫取歸清冽。

題手畫《贈書圖》，贈別沈仲復【按《贈書圖》事實，詳見公所題沈仲復持贈《陸魯望集》，故錄其原文，附見於此詩下，而詩與題語中所見者，略有數字之殊，乃染翰時偶然耳。并存之，以見古人詩文凡一作云者，亦皆此類。**】**

水闊天長境有餘，《贈書圖》就意何如？

他年擬築松毛屋，伴釣春風笠澤魚。

【附】題沈仲復所贈《笠澤叢書》卷面

辛酉春，與沈仲復晤書樓中，沈君出《笠澤叢書》二本，擇其字大而精好者題贈余，其意爲余年老視眊，良可感歎。因又自取一本，要余題語，爲他日相思展卷替面之資。余爲書數行以謝殷勤。 既而沈君又出一橫幅， 强要余作《贈書圖》，余爲寫江湖小景主賓拱揖之容，遂題一詩曰："天闊江空境有餘，贈書圖就意何如？ 中間擬築松毛屋，伴釣春風笠澤魚。" 沈君大樂之，因指"笠澤魚"三字歔欷久之，蓋時事多虞，情有所不能掩者也。余與沈君游最多，樂不可勝，每閱此卷，陳迹如昨，不覺銷魂黯然耳。癸亥孟秋之吉朝，朴珪壽瓛卿記。

辛酉端陽翌日，仲復、霞舉、硏秋來別，王、董二君誦贈書絕句，各欲專屬一首，爲二絕副其意

別後相思空斷魂，隨緣離合不須論。
只應諫艸堂前竹，再度來時綠滿園。

從此天涯勞夢思，停雲落月兩依依。
關河煙樹蒼茫外，萬里垂鞭獨去時。

壬戌仲秋之望，同申成睿、趙藻卿、張明叟，舟下金浦，赴尹士淵太守之約

成睿每嘲余不喜作詩，是會忽高詠王考《江居絕句》"我家門外卽湖頭， 米叮鹽喧幾處舟？ 霜雁一聲齊舉矴，滿江明月下金州"。仍次其韻，且曰："今行詩令，不必更命他韻。"余遂不得已作十首。

萬點靑山賽佛頭，澄江如練且登舟。
蒼葭白露知何處？ 人在金陵第一州。

江南漁火映沙頭，雲樹迷茫屋似舟。
紫蟹鱸魚風味足，更饒明月古楊州。

寄宿漁家屋打頭，蹄涔休說芥爲舟。
絕憐玉叟清狂甚，夜久談鋒隘九州。

秋水盈盈接海頭，快帆一霎盪輕舟。
望衡九面指顧在，不辨通州與杏州。

數聲漁笛碧波頭，蓬髮何人一葉舟？
驚起雙雙沙上鳥，飛過煙雨巴陵州。

象山翠接鳳洲頭，依舊滄江泛泛舟。
憂國何曾殊進退？ 二公携手每西州。

小築經營洌水頭，筆牀茶竈坐扁舟。
明月清風誰禁得？ 朝過金州暮廣州。

鳧雁飛飛集渡頭，無人鎭日有橫舟。

深村黃葉誰家子？點檢晴窓敍部州。

日斜風定水西頭，簫鼓橫流斲玉舟。
直待映江新月出，金州不是是眞州。

金波滉漾在樓頭，欲放風帆萬里舟。
海內應同今夜月，幾人翹首古幽州？

瓛齋集

卷四

雜著
序

潘南 朴珪壽 瓛卿 著

弟 瑄壽 溫卿 校正

門人 清風 金允植 編輯

雜著

【瑄壽按先兄遺藁, 凡羽翼經傳, 不可殿後之作。其篇名或無類或單寡,
難以作卷, 故仿《韓昌黎集》、《方正學集》例, 編之雜著而首文。】

天子不親迎辨【文見公所著《居家雜服考》引《禮記·哀公問》"冕而親迎"按
說內自註。今立篇名入**1**集。】

《春秋傳》, 公羊說"天子至庶人, 皆親迎", 左氏說"天子至尊
無敵, 不親迎, 遣使迎之"。鄭氏駁曰: "天子雖尊, 其於后
則夫婦也。夫婦判合, 禮同一體, 所謂無敵, 豈施於此哉?"

　　鄭因引文王迎太姒于渭濱, 　　及孔子對哀公"天地、宗
廟、社稷主"之說, 以爲天子親迎之證。孔穎達駁鄭以"文王
迎太姒, 在殷世, 未是天子禮, 孔子對哀公, 自論魯國法,
魯得郊社, 故言天地, 非說天子禮也"。後儒多從左氏, 確
謂天子至尊無敵不親迎也。

　　珪壽謂鄭雖偶失於引據, 而自得義理之正。夫天下尊
天子而莫敢與敵則禮也。王者何嘗自居以尊無敵乎? 審若
是, 伯父、叔舅, 不宜稱於諸侯也, 燕毛非禮也, 養老乞
言, 割牲執醬, 爲屈辱也。詔於天子不北面者, 非臣節也,

1　入 : 底本에는 "人". 문맥을 살펴 수정.

豈有是哉？

就謂孔子對哀公，只論魯國法也。彼區區侯邦，尚以繼先聖，爲宗廟社稷之故，而冕服親迎也。況又天子之家，其任重禮備，顧何如也，爲彝倫之主，身先教於天下者，顧何如？而乃獨傲然自尊曰“我尊無敵也，臣妾萬邦，呼之可致，何至屑屑躬迎也”，謂是禮也哉？

《春秋》桓八年：“祭公來。遂逆王后於紀。”若從公羊說，則是譏天子不親迎也。雖以爲天子迎后之禮，本自如是也，且有說焉，竊謂天子未嘗不親迎，但不遠迎於侯邦也。

蓋天子適諸侯，則便當類上帝、宜社、造禰，載主而行，其禮既若是重大。且天子雖尊，必備行夫婦之禮。故不得自稱主人，使三公謀於同姓諸侯，爲之主人，主人使於侯邦，行納采、問名、納吉、納徵、請期之禮。

既納徵，則便已成王后天下之母，既請期，則侯邦一之不敢視王后天下母以已女也，二之不敢俟至尊之遠屈而親迎於侯邦也。於是相與奉行至京師，次于館舍，天子聞之，袞冕親迎以入王宮也。

如是立說，猶恐未洽於禮也，乃謂“至尊無敵，遣使迎之”，視以當然宜然，莫敢二辭，豈不陋哉？

漢高祖時，太子納妃，叔孫通制禮，謂“天子不親迎”，彼自謂從左氏也。設令天子果不親迎也，太子奈何遽用天子禮乎？自漢以下，率用叔孫之說，漢世閨門慙德，實啓於此，蔑禮之驗，不亦暸然乎？

深衣廣義【文見《居家雜服考》。公所定《深衣說》，後名廣義者，言推廣《禮記·深衣》篇文。 制十有二幅以應十有二月，曲袷如鉤以應方，袂圜以應規，所以言其法象之義者也。】

深衣者， 何謂也？ 以其有深邃之法象也、有深邃之文章也、有深邃之制度也。故曰深衣也，深邃之衣也。

合天地之數，分陰陽之位，序四時之運，載乾坤之象，故曰有深邃之法象也。得損益之宜，定上下之志，可以事上而臨下也，可以脩己而治人也，故曰有深邃之文章也。綽綽乎周掩一身，而未嘗見其披露也；恢恢乎便適四體，而不敢肆其怠惰也，故曰有深邃之制度也。

衣裳者，適其身而已，法象之美，文章之盛，乃可見也。適其身者，衣裳之實用也；文章法象者，衣裳之能事也。

鴻荒之民，病於寒暑，聖人之憂，不可緩也。無貴賤、男女之殊，而錫之衣裳，亟掩體膚，法象之美，文章之盛，念未之暇及也。

天降下民，毓其精粹，四肢百體，皆有至象。是故苟適其身，則眾美畢具矣。於是乎秩秩乎其法象也，燦燦乎其文章也。聖人之道，本之自然，聖神功化，皆實事也。夫豈有苟且勉強而爲之者也？

自肩及踝者，天地之數五十有五歟？【自肩及踝，爲全長五尺五寸。】

三分及踝，衣一而裳二者，天一而地二歟？【衣長一尺八寸三分，裳長三尺六寸六分。】

衣用全幅，裳乃幅分者，乾專而坤闢歟？乾陽也，計之以九九而不分，故衣幅之廣，重二九歟？【衣用全幅，幅廣一尺八寸。】

坤陰也，計之以六六而分焉，故裳幅之分，上一六而下二六歟？【裳用分幅，幅廣一尺八寸，分殺交解之，上廣六寸，下廣一尺二寸。】

衣之前後二十四九者，乾之策二百一十有六歟？【衣六幅合。廣十尺八寸，前後合二十一尺六寸，實爲二百一十六寸。】裳之下齊二十四六者，坤之策百四十有四歟？【裳下齊十四尺四寸，實爲百四十四寸。】

傳曰：“黃帝、堯、舜垂衣裳而天下治，蓋取諸乾坤。”此之謂歟？

凡用布四十九尺三寸五分者，“大衍之數五十，其用四十有九”歟？

衣之前後二十四九，取裳要之八九以益之。【裳要七尺二寸】裳之下齊二十四六，取兩袪之八六以益之。【袪尺二寸，圍之二尺四寸，左右合四尺八寸。】

衣取之裳，裳取之衣，陰陽相交而其數各三十有二者，卦六十有四歟？

衣幅裳袵凡一十有八者，十有八變而成卦歟？【衣六幅，裳十二袵，共十八。】

衣六幅而裳亦六幅者，一歲之中，六陽月而六陰月歟？

別用布以續袵者，以閏月而定時成歲歟？角割而分續於內外者，分中氣而屬之前後月歟？【續袵之布，長尺四寸三分。

廣尺四寸三分，角割分屬於內外之衽，是猶分中氣前後各十五日，屬之前後月也。】

領布四尺者，十有二月，統於四時歟？

衣之前後，裳之下齊，凡三百有六十寸者，朞之日歟？

【衣前後二十一尺六寸，裳下齊十四尺四寸，合計之爲三百六十寸。】

帣布三尺六寸六分者，【始帣布十二幅，各長三尺六寸六分。】

亦朞三百六旬有六日歟？

九六相合，十有五也，合計衣裳十五之數，二十有四也。

【衣前後以九計之，爲二十四九；裳下齊以六計之，爲二十四六。以六合九爲十五，以二十四六合二十四九，以十五計之，亦爲二十四十五。】

二十有四也者，十有五日，氣候一變歟？

三分要廣，減一而益齊。【幅廣尺八寸，交解分殺，令要半下齊倍要。】三分衣廣，減一而成要。【衣廣十尺八寸。要圍七尺二寸。】其實皆損上以益下也。

十分裳齊，廉取其一，以爲續衽之長。【裳齊十四尺四寸，續衽長一尺四寸三分。】九分要圍，取其一以爲領袷之廣。【要圍七尺二寸，領表裏共廣八寸。】其實皆十一也。

領之廣三爲袪。【領廣四寸，□尺二寸。】袪之圍三□□。【袪圍二尺四寸，要七尺二寸。】要之圍□□衣袂前後□□袂前後廣，共爲二十一尺六寸。】三分衣袂前後，取其二以爲裳之下齊。【裳齊十四尺四寸】齊十有二分而取其一，以爲袪袼之長。【袪袼之長皆尺二寸】十有八分而取其一，以爲領袷之廣，領表裏共廣八寸。下豐而上約也。

非有自然之法象、自然之文章，雖欲尙奇鷺巧，傅會而爲之，莫之能也。

湯有盤之銘，武王有几杖牖戶之銘，周公有欹器之戒，君子之於器服，凡耳之所接目之所寓，莫非至義之所存也。

蓋近身之物，莫尚於衣也。

君子之道至矣乎！其顯也未嘗淺且露也，其晦也未嘗隱且僻也。用之則行，溥博之仁，足以庇覆四海也；舍之則藏，寡約之樂，足以周全一身也。包容萬，而不見其爲疏緩也，綜理庶物，而不見其爲苛急也。無不可爲之時，無不可化之人，無不可居之地。是以君子衣深衣，而見其綽綽焉恢恢焉，則知君子之道，無所往而不坦蕩也。

君子之於語言，慎之至也。言可多乎？敗於德也。言可寡乎？近乎道矣。寡之如何？亦有道焉。見乎外者，有寬弘和平之色、耿介敦厚之容；蘊乎中者，有光明謙雅之志、方嚴正直之氣，夫然後可以得寡言也。寡之而已，無是四者，或近乎陰忌，或近乎驕傲，或近乎回譎，或近乎蒙陋，或近乎厭倦，或近乎憂愁。凡此六者，敗德之事而賊身之媒也。是以君子衣深衣，而見其雖周掩之深邃而便適乎肢體，則知君子之慎密而不出者，亦有節而有度也。

君子之於威儀，不可以不肅矣，以天下國家之重，俱存乎一身也。其有后王、輔弼、百工、庶氓，猶其有元首、股肱、手足也。欲其有聰明睿智，照臨四方，萬物咸睹，愛戴而不能忘也，故頭之容必直也。欲其有輔翼之功、忠順之德，勤而不辭，勞而不伐，謙謙翼翼，如執玉而奉盈，故手之容必恭也。欲其不離畎畝而安其作業，不以卑下而爲

辱，不希尊貴之爲榮，無騷擾之言、放僻之行，以載宗廟之
重社稷之靈，故足之容必重也。未有傾聽側視搖頭轉面，而
其心誠慤者也；未有劻攘指斥抵掌扼，而其言謙恭者也；未
有箕踞跛倚狂奔疾走，而其志不慢，其身不顛蹶者也。是以
君子衣深衣，而見其曲袷之嚴密，袂長之反肘，下齊之及
踝，雖欲頭容不直也，手容不恭也，足容不重也，不可得也。
是以知君子之動容貌，斯遠暴慢也。

　　人之有心靈識慧，同得于天也，豈其君子者有餘而小人
者不足也？惟其運用智慮，有不同也。小人之用其智也，私
諸一己之利害，故思慮於陰僻之地，機括於幽闇之中，屈曲
焉回互焉，及其有窒而不通也，從而慘忍刻薄，無所顧忌。
得志則使天地之和遏而不運，萬物之志抑而不伸。君子之
用其智也，公諸天下之好惡，故無一事之苟且，無一物之扞
格。如輪圜之必轉而無廢也，如日月之周旋而愈新也，如寒
暑之迭運而不悖也，導達天地之祥和，鼓舞萬物之性情。是
以君子衣深衣，而見袂之必圓，則知君子之運用智慮，欲圓
渾而不回曲也。

　　無形無迹無聲無色者，天下之大可畏者也。洪水烈火，
賴有是耳，使其無之，人將墊汨焚爇而莫之知也；寶玉靈
龜，賴有是耳，使其無之，人將毀敗喪亡而莫之覺也。有術
於此，庶幾無此畏乎！蓋嘗有言與行而相違者，未嘗有行與
心而不同者也。言難究於未然，猶可欺也；行可考於既往，
莫能逃也。彼方因以爲利，私一己之獨知，喜他人之不覺，
心固無形迹聲色，身顧無形迹聲色乎？有作乎中，必見乎

外；有接乎外，必感其中。視聽言動，非禮勿用者，欲其中外如一也。走而不息者，莫如圓也；止而不動者，莫如方也。是以君子衣深衣，而見抱方之當心，則知君子之治心有道，而行己之必正方也。

御世之寶，莫尙乎直，非勉强矯揉之謂也，順其性而已。天下之人，非不知直道之可喜，而枉道之可惡也。然察小民之情，樂其枉而厭其直，蓋習於枉而不習於直也。由是而獄訟繁興，詐詭日生，變幻是非，疑亂聰明。猝然苞之，若涉機穽，於是乎察隱慝於無形，折奸謀於未萌，雖若快釋其紛紜，未免相較以機關。吁！亦可傷也已。小民見君子之不直，然後敢以不直而相干也。使枉者悔其枉，直者樂其直，久而化之，其天下之人，習於直矣。君子欲天下之習於直也，故以身而先之也。是以君子衣深衣，而見其裳衽之縫，前直後直左直右直，則知君子之道，無所往而不直也，前後左右，無一人而不直也。君子不貴僻遠之行、苦窮之節，子曰："索隱行怪，後世有述焉，吾不爲之矣。"是以君子衣深衣，而見下齊之平也，則知君子之中庸，無所往而不平常也。

見衣上而裳下，則知辨上下而民志乃定也。

見領袷之無不統率，則知四海之內，愛戴聖人之明無不照，而澤無不加也。

見續衽之鉤邊，則知設官分職，各有等威，而輔相、岳牧之宣上德而達民隱也。

見衣損而要，要損而齊，則知君之足，非君之足也；百姓之足，乃君之足也。損上益下之謂益也，損下益上之謂損也。

見領之取於要，續衽之取於齊，則知取於民薄也，猶不得無取者，非以民而養君，以君而養民，天之所命也，以養民之道，取之也。

見領袷之嚴密，則知自治以嚴而夙夜不懈，不敢以微過而自恕，以大善而自彰也。

見下齊之寬豁，則知御下之必寬，而猶恐一夫之失所，使賢愚優劣各自得也。

見衣之廣於齊，則知豐盈之可懼，而謙遜之可久也。

見純袂純邊，則知外薄四海，無非文教之可暨者也。

夫方圓、曲直者，天下之至象也；大小、長短者，天下之至數也。有接乎外者，必感乎中；有感乎中者，必見乎行。苟能取而用之，用之天下而非爲大也，用之邦國而非爲小也，用之一家而非不足也，用之一身而非有餘也。充類至義，聖人之能事也。傳曰：“仁者見之謂之仁，知者見之謂之知。”

是故君臣同服而不爲僭也，貴賤同服而不爲亂也，男女同服而不爲淫也，吉凶同服而不爲紊也。

一深衣而正心、脩身、家、國、天下之事備矣。

答金德叟論箕田存疑

所教箕田存疑，儘是獨得之見。審如是說，則此田之爲殷人七十，益信而有徵矣。《匠人》國中九經、九緯之涂，不但形制之井井也，卽其占據之廣袤，亦當以井地計之。

先王惜土如金，民衆居之則爲城邑，五穀生之則爲田畝，車馬由之則爲徑涂，水川行之則爲溝洫，一咫半尺，不屬于彼則入于此。其筵、几、弓、肩、軌、耜、版、雉之度，縱不可一一牽合，而大約裁畫之，長短闊狹，略略相當。

故建都邑則市朝一夫，一夫者百畝也；制田野則方里而井，方里者二十五家也。王城九里，或謂非成周之法。然當爲八十一井之地，則其比、閭、族、黨之次，亦未可一一塡補，而大約九經、九緯之間，各成一井之地，容民居三百五六十家耳。

朱子云："古人作事，皆用井田之意。"以此求之，遷國遺墟，自是一本井田，爲無疑矣。

今有一面方版，縱橫作數十道，以之寫字則爲鉛槧，以之圍棋則爲棋盤。人方見其圍棋，而不知爲鉛槧之用者，固勢也。竊恐尊兄以爲曾是鉛槧，而遂廢其棋盤之名也。輒以愚見推而廣之，未知以爲如何。

雖然，兄所起疑者，本爲箕宮之在田間耳。是則有不然者。史傳"箕子避地朝鮮，携詩、書、禮、樂、醫巫、卜筮、工伎之流五千人與俱"，此謬也。引類招衆於喪亂之際，獨占奧區以自霸一方者，徐福、衛滿、趙佗之能事耳，夫豈聖人之志哉？

千載之下，試念父師當日情事，行敎一國非所欲也，傳世累十非所期也。白馬、棧車，不過作寄公、寓公，以遂予罔僕之志而已。於是東夷賢君，特致一成之地，而耿、亳遺民容有從我之士，則庇身之居、食力之土，草草分排。自然用故家規模，而辨作甘之土宜，占風雨於從星，不妨作老農師矣。及夫八條布教，乃在於成聚成邑之後，而謳歌獄訟，自歸於若子若孫之世，則一區野田，居然成豳郊之舊業、棠樹之餘蔭耳。然則竝耕饔飧，無所不可，又何疑乎當日箕宮之正在田間耶？

劉焉、劉表之徒，專據方面於宗國綴旒之日，辟雍雅樂，雍容暇豫，尚論之士爲之痛心。夫聖人處變，固不可與一節之士遯世流離毀形滅迹以沒齒者，比而論之。然若謂與所謂五千人者，建邦啓宇於天外別界，汲汲乎百官倉廩之富，而文之以詩、書、禮、樂之具，則其視"自靖自獻，不顧行遯"之語，氣像之舒慘、苦樂，不亦遠乎哉？

愚故曰：父師東出之時，未遽有都邑之居而行君人之事也。然則井田之不遍於域中，不足疑也；遺宮之正在田間，不須疑也。至若田制之有異乎周法，步尺之參差於古經，亦未暇論及也。

顧齋曰："'方里二十五家'句，筆下之誤。當據《孟子》云'方里者九百畝也，民居則八家也'。若都邑之民居，則不僅二十五家矣，當以《王制》爲正。二十五家乃里社之名也。"

樗溪曰："論箕田書，辨班、史之謬，發明聖人之志。義理情事，必如是無疑。箕子之聖，同於文王，故夫子并稱於《明夷·象傳》。此關聖人出處大節，古今孤有之正論，道得箕子意中事，如昌黎之於文王也。"

地勢儀銘【并敍】

大地渾圓之體，渾天、蓋天家言之，而莫詳密於《周髀》之說。先儒亦多以理推而得之，乃西夷則紛紛然乘巨舟遶溟海，一周而後知之，不亦遲鈍乎哉？

《山海之經》、《穆天子之傳》、秦·漢緯書之文、鄒衍·曼倩之言，慌惚譎詭，洵不足取證。雖然，其傅會誇張，亦必有所倚傍，迄于今地理、河渠之家，旁採其說，往往吻合而不差。

彼謂"神農以上，有大九州、桂州、迎州、神州之等"，又或以"崑崙東南萬五千里，當神州之地"。得非有聞乎《八索》、《九邱》之遺文者乎？《爾雅》曰："九夷、八狄、七戎、六蠻，謂之四海。"李巡之注，悉列玄菟、樂浪、天竺、匈奴之號，以塡其數，何其愚也？

若鄭康成則不然，其注《職方氏》也，未嘗言四夷、八蠻、七閩、九貉、五戎、六狄別國之名。及答趙商之問，亦只舉《爾雅》、《戴記》同異之數，未嘗臚陳國名強合其目，豈但闕所不知耶？知不可以漢代屬國之籍，限先王聲敎不盡之域耳。夫《周髀》之法明，而西夷地球之說，廢之可也；大九州之名立，而夷語之稱五洲、梵語之稱四部，刪之可也。

夷之族至於四，蠻之族至於八，閩之族至於七，貉之族至於九，戎狄之族，至於五之多也六之多也，則紅毛、烏鬼之屬，謂不在群分區別之中得乎？謂亘古不通中國得乎？謂不通中國，而自能明曆象利用而厚生得乎？折服而黜之可也。

或曰："崑崙者，地之形也，衆山叢萃之勢也，葱嶺以東以西是也；析支者，其地支析而旁出，西夷稱利米亞洲者是也；渠搜者，地海交錯，有若循溝渠而搜之，西夷稱歐羅巴州者是也。盡《禹貢》織皮之西戎也，若朔方之縣、賜支之地，不足以當之。"惜乎其說之出于今人，無徵而不信也。雖然，徵諸西夷之圖，則亦不可曰地勢之不然也。

昔人之遠遊若甘英之爲使、法顯之佛國、玄奘之西遊、杜環之經行，皆無圖繪之流傳。苟欲肖地勢於渾圓之體者，是則于西夷地球之圖，不能無取焉。然其出於夷舶者，錯陳蟲卉奇怪之象，誕詞異聞，叢雜其間，其華人之倣焉者，尺寸之幅，闕略已甚。

及粵東夷寇之餘，有邵陽魏氏源輯《海國圖志》之書，蓋爲《籌海》、《審賊》而作也。故凡遠夷之區域與夫情僞沿革，悉據今人耳目之所及，非爲渺茫難稽之說者。

輒據其書，作地勢儀一具。其以三百有六十，分經緯於渾圓之面，而周布河海邱陵之象者，坤輿之全體也。環列國地，墨以識之者今名也，朱以注之者古名也，以青者夷語也，以間色者西夷之雜教也。點朱者中國之內地也，圈朱者藩封也。

貫以軸者兩極也，承之以弧倚之以句股而低昂之者，極出地之高下也。抱地四合而轄樞於兩極者，子午、卯酉之弧也。圈于要者赤道也，識赤道而東者十二辰也，識其側者周天之經度也。其南其北皆占二十有三度又半，而識于午弧之背者, 二至限也; 分疏密爲十一者, 氣候限也。立寸木爲之臬, 當赤道、午弧之交者, 測日之表也。

圈刻周天之緯度, 居于內而樞于兩極, 自南極以至于北極, 自北極以至于南極, 坤輿[2]萬方, 無不受其量度者曰"里差尺"也。圈刻周天之度, 居于里差尺之外、赤道之裏, 而樞于卯酉弧、赤道之交者曰"利用尺"。舉之當二至之限則爲黃道之圈, 弛之當極出之度則爲地平之圈, 遊乎環兩極二十有三度半之內, 則爲四時賓餞之表; 遊乎午弧疏密、氣候限之中, 則爲日行南北之表; 遊乎兩極、赤道之間, 則爲諸方斜距之尺, 故曰"利用尺"。此地勢儀之制也。

夫置諸赫曦之下, 而其受光也有明暗, 則一舉目而知萬國之晝夜焉, 此方蚤作, 彼方燕息。表景正直, 其國方中。於東乎於西乎, 承之以午弧, 切之以里尺, 考之于赤道之識, 則知萬國之早晏焉。此有締綌, 彼有狐貉, 日南日北, 一寒一暑。於南乎於北乎, 承之以利用之尺, 眂其及於疏密者, 則知萬國之寒暑焉。出日納日, 界分陰陽, 有先有後, 晷以永短, 切之以里尺, 考之于赤道之識, 則知萬國之昏晨焉。

欲知南北之距者, 考緯度于里尺焉。欲知東西之距者, 考經度于赤道, 而先切之以里尺焉。其欲於須臾之頃而周知四時日夜之永短者, 低昂其出極, 轉移其向背, 俾表景之所及、利用尺之所承, 忽焉若冬日至焉, 忽焉若夏日至焉, 惟吾所欲而諸方之昏晨, 可得而察矣。

---

2 輿: 底本에는 "興". 문맥을 살펴 수정.

若夫坳堂之上，不見旭日，而能準測纖密者，里差、利用之尺，迭用而不窮，此地勢儀之用也。

考諸《儀象之志》，有乾隆地球之式。然諸法之悉具，大同歟小異歟？所未能詳焉爾。

紫陽夫子嘗欲作穹窿之屋，穿衆竅漏光，以爲星辰，闢南極，梯其中而望之。又欲作版圖，刻其犬牙，取離合之便。今是儀也，作輿圖於穹窿之體，以度地之具而兼測天之用，亦聊以自娛嬉已，詎敢曰吾有所受之？銘曰：

撫此穹窿，顧眄四國。閑居閨房，橫鶩八極。風霆流形，爾處其中。請大其觀，莫薮厥躬。蠢彼裔戎，有技有黠。水犀戈船，佐其邪說。不勤遠略，言各有當。乃爲天吏，縱之猖狂。鬼方之伐，三年必克。寤寐英俊，封侯絶域。煌煌中天，日月代明。孔思周情，盡在六經。血氣尊親，無間遐邇。先師有言，豈欺小子？聲教被及，久而彌光。縹黃萬軸，方出海航。縱橫萬里，豈無一人？曠然發蒙，以倡其民。中國有道，四夷稽首。歸我同文，來者斯受。

魯川曰：“《地勢儀銘》，於表線、圭尺之制，敍述如指諸掌，能使不諳歷學者一覽瞭然。筆力淵源《考工記》，視柳州諸記徒以寫景狀小物爲工者，殆突過之。”

梣溪曰：“作地勢儀，不得不用西夷之圖。或恐以其推測之精、歷覽之廣，謂言言事事，皆應如是，不知欺天罔人，流禍無窮，則可憂也。故徵引浩博，辨析明白，始言地圖之理、大九州之名，自古中國所有之論，非西夷之獨得，終欲距詖息邪，歸於正道。奚特序文之矞皇典麗，銘辭之高古嚴重，爲文章之盛？良工獨苦之心，後之讀此文者，必三復而感歎也。"

恭錄《高麗史·辛庶人傳》所載<u>洪武</u>聖諭跋

<u>洪武</u>二十年，<u>高麗</u>遣陪臣<u>偰長壽</u>朝京，附進陳情表文。《麗史》載明<u>高皇帝</u>聖諭一段，而全用俗話文字。聖諭有曰："我的言語，冊兒上都寫着有。"此文當是<u>長壽</u>所寫還於冊子者。竊嘗以爲典、謨、誥、訓，以文字而寫言語，故言愈簡而理益顯；後世詔令，化言語而爲文字，故文愈繁而意有晦。

蓋古無言語文字之殊，而今有俗話、古文之別，則是固不能不然者。然其下焉者，往往摸堯裝舜，極意藻飾，而眞樸愈散，況可以感動人心，傳示無極哉？惟此聖諭文字，非有詞臣之潤色、史官之檃括，而盡載當日之俗語話本，爲《麗史》者，可謂得其體裁矣。

今夫人得古人器服之微、翰墨之末，猶爲之摩挲歎息，想見乎其風神也。矧此丁寧諄複千百有餘言，出自聖天子臨殿口宣，一話一言，無有敢增損而修飾之者乎！謂之金簡玉字，則有色笑咫尺之顔；擬諸繪天畫日，則有洋洋盈耳之韻。夫其至誠惻怛[3]，淋漓爛漫，百世之下，怳然親耿光而承玉音，何如其幸也！

---

3 怛：底本에는 "恒". 문맥을 살펴 수정.

噫！麗氏之季，奸凶誤國，所以屢阻於聲教，亦其所自取者耳。彼謂新皇帝崛起草昧，誅鋤群強，妄揣英雄忌人，必任權謀機智，而又自以遘元之彌甥，內懷疑畏，玉帛之會而潛携偵伺之人，詞令之間而或施鉤探之辭，其爲計愚且陋矣。

及夫長壽之來也，聖天子敷心之諭，軒豁披露，痛快明白，傾倒困廩，無復隱曲，誠可以孚豚魚、感鬼神。而若其戒告之董飭之申複而不能已者，則惟曰"與百姓造福"，則惟曰"教百姓安寧"，則惟曰"教倭子害不得百姓"，則惟曰"若不愛百姓，生邊釁，却難饒倆"。眷眷一念，惟在乎生民之利害休戚，不復問華夷之別、畛域之殊，而一視同仁，唯恐其或傷之，嗚呼盛哉！此所以受天明命，奄有方夏，悉主悉臣，爲天下君者也。

麗氏之衰亂，既不足以當畀付寄托之至意，而惟我先王爲神人所依歸，子惠困窮，媚于天子，龍袞圭瓚，宅此東服。蓋敬天勤民，中外一揆，而書文車軌，恪遵時王，所以貽謨燕翼，垂裕無疆者。民到于今，受先帝先王之賜焉，嗚呼盛哉！

是歲是辰，即惟高皇帝御極之年若月日也。偶閱舊史，讀此聖諭，感天時之回薄，悲周京之黍離。而聖人雖遠，德音猶在，不獨清廟之瑟，愀然如復見文王。敢錄寫一通而恭記其後，以寓於戲不忘之思云。

洪武紀元後四百八十一年歲在戊申正月四日，左海草茅遺臣朴珪壽拜手稽首謹書。

孝定皇太后畫像重繕恭記

燕京西直門外八里莊，有慈壽寺，寺建於萬曆間，神宗爲生母孝定太后祝釐而作也。神宗沖年踐祚，海內殷阜，邊陲寧謐，萬曆初政，最號治平。寔賴太后內勤敎誨，外任宰輔以致之，功存社稷，非溢詞也。

后雅好佛家語，嘗夢有九蓮菩薩授經文，旣而慈寧新宮銅鉢，忽有產蓮之異。神宗命閣臣申時行、許國、王錫爵等作賦紀瑞。而宮中遂以九蓮菩薩稱太后，謂是菩薩後身也。後於太后生日，神宗出吳道子畫觀音菩薩，以佛像繪太后眞容，奉安慈壽寺。明祚旣訖，寺隨荒廢，然遺像尙存云。

曩歲辛酉，珪壽因奉使之役而往謁焉。雖荊榛瓦礫，滿目愁絶，而當日梵宮位置之壯麗宏侈，尙可想見。太后像幀正在北殿，被服瓔飾，宛然觀音佛相。而殿前百步有十三層塔，巋然挿天，塔左右有兩碑亭。東碑刻后像一如殿中畫幀，西碑所刻，乃類觀音變相，手提魚籃而行。神宗御贊，其文曰：

"惟我聖母，慈仁格天。感斯嘉兆，闕產瑞蓮。加大士像，勒石流傳。延國福民，霄壤同堅。大明萬曆丁亥年造。"

謹按"加大士像"之文，西碑之刻亦太后而繪以佛相也。殿中畫幀，塵積煤侵，五色黯昧。審幀尾所記，蓋中世曾經有心人改裝亦屢矣，而今又弊弊已久，周瞻歎息，竊恨客裏乏貲，不能效區區之衷。

逮丙寅之歲，按節洎藩，白金五十，遠寄所交游者沈秉成、王軒、黃雲鵠、董文煥，托以重繕裝池，又托拓揭碑像而匣藏畫幀爲久遠之圖。諸人者推董君任其事，翌年董君書來，具言悉如所托，且寄碑拓二像及碑陰所刻申時行等《瑞蓮賦》一本。又明年，董君將遠仕涼州，前寄碑本，慮或未達，復寄三本。遂竝裝爲六幀。嗟乎！董君不負遠友之托，氣義鄭重，令人感激不能忘也。

按泰山之麓，有宋時天書觀，後廢爲碧霞元君之宮。萬曆中，別構一殿，以奉九蓮菩薩，崇禎中，又建一殿，奉生母孝純劉太后，號爲智上菩薩，名其宮曰聖慈天慶宮。宮成於十七年之三月，神京淪喪，卽此月也。

亭林顧氏爲文以記之，且曰：

"竊惟經傳之言曰'爲之宗廟，以鬼享之'，又曰'爲天子父，尊之至也'，孔子論政'必也正名'。昔自太祖皇帝之有天下也，命嶽、瀆神祇，竝革前代之封，正其稱號。而及其末世，至以天子之母、太后之尊，若不足重，而必假西域胡神之號以爲祟[4]，豈非所謂國將亡而聽於神者耶？然自國破以後宗廟山陵之所在，樵夫、牧豎且或過而慢焉，而此二殿獨以托於泰山之麓元君之宮，焚香上謁者，無敢不合掌跪拜。使正名之曰皇太后，固未必其能使天下之人虔恭敬畏之若此。是固大聖人之神道設教，使民由之而不知者乎。"

嗚呼！亭林之言，正大如彼，至其末段，豈曲爲之說哉？蓋亦遺民沈痛悲苦之情，則惟幸母后之像，儼然依舊

---

4 祟：底本에는 "祡". 문맥을 살펴 수정.

爾。珪壽自顧亦左海後民，而得瞻遺容於黍離滄桑之墟，彷徨躑躅而不能去，奚暇以儒生之見，敢爲規規之論哉？

《臨池像》一幀、《魚藍行像》一幀、《瑞蓮賦》一幀，奉藏于華陽洞煥章菴。丙子八月謹記。

又三幀，乙亥秋，奉藏于金剛山神溪寺。

安魯源手摸《神州全圖》跋

安魯源得尹淵齋所藏十五省地圖，摸寫一本，又增寫盛京一幅以附之，是圖之精密纖備，較諸《一統志》、《會典》諸本，更有勝焉。不知原本之爲誰人所作，而據何書而爲之也。

江南省在明代爲南直隸，康熙時分爲江蘇、安徽。湖廣之分湖北、湖南，陝右之分爲甘肅省，皆康熙二十年以後事也。是圖在分省之前，故皆合而不分。其不稱南直隸而曰江南者，又非明代人所作可知矣。然則是圖之作，當在清初康熙以前耳。

魯源游學京都，潛心實事。其摸繪之精且工，非癖於此而樂不知疲者，不能也。今將携之以歸，以詑其親。昔徐霞客周覽萬里，窺崑崙涉河源，遂及西域，以追杜環之舊迹，未知亦能有圖繪之流傳者否。魯源之居，蓋在龍岡西海之濱，足迹不得及方域之外，況可與語霞客之游乎？於是乎出是圖而展之，以自喜而自大云。癸丑冬月，瓛卿識。

大邱愍忠祠重建記

聖上五年冬十一月癸巳，嶺南暗行御史朴珪壽還奏言：

"本道故觀察使黃璿，當英廟戊申之變，戮力王室，克平亂賊，按獄未竟，暴卒於位，其事有可疑者。嶺之民士，頌其功而悲其死，爲之立祠於大邱府城南龜山之下。既而混撤於祠院私祀之禁，獨有記績短碑，掩翳於荒榛蔓艸之間。

竊惟昇平日久，民不知兵，倉卒狂賊，迭發湖、嶺，煽動詿誤，而軍民有向背之惑；鴟張豕突，而州郡有崩潰之勢。

璿坐鎮方面，指揮諸軍，隨機應變，動無遺策，使糾結外內之賊，終不敢踰嶺一步，而旬月之間，兇醜授首。其功存社稷，惠被生民，不但在一路之全安而已。其功甫施，其身不幸，追惟往迹，尙足可悲，而一區祠屋，亦隨而廢。于今百數十年之間，不復有言其事者，豐功偉迹，埋沒不章，誠可謂晟世之缺典。

夫勤事捍患，皆登祀典，先王之禮也。臣謂特命立祠宣額，以之酬勳勣、獎忠勤，而又可以興勸一方。敢眛死以聞。"

上下其議有司，未及施行，而吏曹參判申錫愚聖與持節嶺南。且行謂珪壽曰："子之請爲黃公立祠篤論也，大臣之言，亦無異辭，而未稟成命者，特有司之未遑耳。此邦之人，有欲先事而修建者，吾欲聽之而勿靳，子之意如何？"

珪壽曰："是惟在此邦之人知所以慕愛公者何如爾。劇寇猖獗，衆號七萬，夫其誇張詿誘以眩惑人心，非一朝事也。

全嶺之民，其不牽連胥溺，爲梟、爲狼、爲魑魅之藪，繄誰之力也？此邦之人知所以愛慕公者不衰，則朝廷又必將曲循其情矣。廟貌以俟之，夫豈可以私祠而靳之？"

聖與曰："諾。"

居歲餘，以書來曰：

"黃公祠功告竣矣。邦人之言，願以節度使元公弼撰配食于左，軍官李茂實從祀於廊廡。始黃公之奉使日本也，極選幕佐，辟元公以行。及戊申之變，元公從宿衛中特授聞慶縣監，扼守嶺隘，旋拜左道兵馬節度使，即日馳赴黃公軍門。雖賊平不日終，不用左道之甲，而其協心剿討、贊畫方略之功爲多。

方賊之據清州也，黃公問軍校中誰能偵賊者，有李茂實者慷慨請行。及嶺盜繼起，安陰守棄邑走，吏民鳥獸散，黃公以茂實假守衛往鎮之。榜諭逆順，撫戢驚擾，捕斬賊徒之據縣者盧爾瑚、申善岳等，而一境賴安。

蓋元公處鞍韋之中，素明大義、持正論，大爲趙忠翼、李忠肅諸公所獎詡，以是輒困於異趣者。既受知黃公，周旋於溟海絶域之外，而分符制閫。又在黃公治軍之日，籌策密勿，共靖寇亂，事有非偶然者。其腏食於黃公俎豆之地，寔精義有所存。

而若李茂實者，起軍校仗忠義，其志可尚，其績有可紀，而黃公知人之明、得人之效，又不可泯焉，則從祠祠傍，是又不可以已焉者也。衆謂茲祠重建，發端於子，而必欲得子之文以紀其實，子其圖之。"

珪壽曰："然。"

匹夫無辜，罹法枉死，尚或有群起訟冤囂然未已者。今夫封疆大吏，誅伐亂逆，破醯釀盤據之賊，芟其根而覆其窩者，其功烈何如也？大功既舉，民志迺定，順逆審而忠邪明，俾不陷於禽獸、夷狄者，其德惠何如也？寇亂甫平，殷憂未已，必欲明賞罰、整師律，一夕暴殞。人言中毒，其事之悲憤掩抑，又何如也？

聖明照臨，綱紀畢張，而乃一再按驗，備文而止，朝廷之事，雖出於不窮其獄，以安反側。獨怪夫南方之人受其大惠，而舉默默於當時也。

嗟乎！殄瘁盡忠，竟以身殉，而崇報之典，寂寥黯黯。當事者非拘牽於文法，則視之以不急之務。而忠烈黃公之歿，不廟食，今且百有餘載。縱有繡衣之言、士民之請，而若復拘文法、視不急，猶夫前日者，則廟貌之得以煥然，配腏之得以秩然，有未可知矣。夫事之興廢顯晦，各有其時，而亦必有待於其人者，此之謂歟！君子之澤彌久而彌光，邦人之慕彌遠而彌長，於是乎可見，而異時朝廷慰民之望，光宣恩額，庶有其日。姑書以俟之。

崇禎後四丁巳孟秋，通政大夫、承政院左副承旨、兼經筵參贊官、春秋館修撰官潘南朴珪壽記。

錄顧亭林先生《日知錄》論畫跋

右四頁，亭林先生《日知錄》中語也。夫畫圖，亦藝術中一事也，實有大關於學者，而今人甚忽之何也？良由寫意之法興，而指事、象物之畫廢故耳。

後人之精細功夫，不及古人，又不肯耐煩，只以一水、一石之幅，折枝、沒骨之筆，草草渲染，自托於簡古，不經意而已。此在於高人逸士翰墨餘事，則未嘗不可喜而可寶也。若夫人人如此，以至於畫院待詔之倫所務而所能者，止於是焉，則畫學殆亦亡矣。

有如文字之道，亦有經學、史學、考證家、經濟家、著述家、詞翰家，門戶亦未易論定，矧其得失、同異，詎可輕易言之？茫然不知其為何說也，而牽強押得七言近體詩韻腳，潦率草得上樑文一首，便已詡之以文人，亦乃自命為文士。

今之為畫者，空寫半幅山水圖，遠山一角、老樹數株、草屋半面，便謂畫圖之法如此，亦足以陶寫性情云爾者，與彼何異哉？

學畫固小技也，然其羽翼於為學、為治之道甚大。大凡上下千載之間，縱橫四海之外，見聞之所未逮，足迹之所未及，言語之所未通而未能詳悉者，唯畫圖能傳之、能記之、能形容之，其用豈下於文字之妙哉？

觀乎閻庫直《職貢之圖》，則知貞觀之治威靈所及，為何如也，梯山航海蠻夷雜種為何等也。觀乎《西京大酺圖》

則知盛唐風俗之如何也，其衣冠、器用之如何也。《清明上下圖》者，仇實父之作也。雖是追畫趙宋時事者，而汴梁都邑市井之盛，閭里民庶之情，有足想見。如此之類，亦舉之不勝舉矣，而要並非能作水墨山水者，所可能之者也。

商之高宗寤寐，良弼恍惚見之，命工繪之，其必以鬚髮之疏密、顴頰之闊窄，申申命之。工乃俯伏潛心，改描易本屢十焉，然後得一肖似於高宗之夢。旁求天下，居然得之，此豈水墨山水者，所可能之者乎？

又當舉其最小者矣，翎毛、草蟲、花卉之類，有似無足致意，亦殊不然。每恨李東璧《本草綱目》，爲本草家集成之書，而諸家形色同異之辨，紛然未已。李氏雖一一考據訂正，而其繪畫未精，到今有誤採謬用者甚多。蓋未遇良畫師之故，流害民生，有如是矣，此豈可以細故忽之哉？推是論之，無論山水、人物、樓臺、城市、草木、蟲魚，唯是眞境、實事，究竟歸於實用，然後始可謂之畫學矣。凡所謂學者，皆實事也。天下安有無實而謂之學也者乎？

鄭生石樵癖於畫，其子名來鳳，亦繼其業，方倣寫古名迹。蓋作水墨點染，以爲能事者也。余故廣其意，爲錄此以贈，期其有所成就，卓然名家，毋徒爲近日鹵莽滅裂草草藏拙者之下風可也。

苟得良畫史爲之，蓋有所欲畫者，乃成周《王城圖》。皐、庫、雉、應、路五門之制，廟、社、市、朝之位，內而路寢、燕寢，外而比、閭、族、黨、經塗九軌、緯途九軌，以至圓邱、方澤、明堂之次序、位置，及夫溝、洫、畎、澮、二畝半在野同井之八家。

於是乎一部《周禮》，森然在目，朝會·燕飮·冠昏之禮、車馬·田獵之容，兼施並列於《豳風七月之圖》矣。自非胸中有三禮全帙者不能也，得此於畵學家，甚不易耳。

漢陽景物，當以燈市爲最繁華。東國放燈，不以上元，而在四月八日。市舖閭閻，皆樹燈竿，森立如帆檣，風旗五色，悠揚蔽空，都人士女，雜沓通衢。

東自興仁門外關帝廟，西南至蓉山、麻湖，悉開燈市，往往陳列雜戲，絲竹嘲轟。若値春物未早之歲，則緋桃練李，時方盛開，兼有花柳之盛。

又是孟夏上旬，往往値太廟親祼[5]，法駕鹵簿，平明啓發，從官羽衛，班行肅然。時又春漕方集，南江舟楫之盛，最於一歲。蓋此位置排鋪，可堪作一大長卷，苟能精細爲之，當有勝於《淸明汴河圖》者多矣。恨未得良畵史謀之。

今聞來鳳學畵，第俟其功夫精熟，與之商量可乎。乙卯南至月，瓛齋居士書。

書陳芳家藏《皇明誥命帖》後

歲甲子春，客有以前明寶慶縣主儀賓陳鳳儀誥命眞本來示者。告戒之文，鄭重簡嚴，錦軸紫璽，煌煌如新。奉玩之

---

5 祼：底本에는 "祼". 문맥을 살펴 수정.

餘，益歎明室典制之美，而同好士友爭傳觀之。既而進入大內，遂經宸覽，而裔孫陳芳蒙特付部將之銜。

後十有餘載，芳膽誥命爲方冊而來乞曰：“先祖誥命，今爲內府之藏，不敢望還下之有日，而深懼舊迹之無傳於寒家。望公假一言之重，以記其實，以徵信於後也。”

嗟乎！芳之慮事，亦可謂周詳者矣。謹按寶慶縣主爲堂邑王女，而堂邑王爲英宗五世孫也。銀潢金枝，理應擇配名族，儀賓陳鳳儀，亦必世閥有可述，而今其裔孫式微，不能詳悉，尤可悲矣。

嗚呼！當崇禎之季，中原人士多避亂東出，流離羈旅，畏約隱伏。雖時移事往，而朝廷每加軫憐，屢飭收用，終未有著顯於世者。且其傳家譜乘，類多散佚荒雜，足以發明門戶者鮮矣。若陳氏之家，操此兩度誥命，世守而勿失，其爲中州華族，孰敢置貳議哉？況其原本藏在內府，雖永無還下之日，亦將與琳琅圖書，垂傳於無窮。今夫芳之作此副本，蓋爲家藏也。珪壽素詳其事，遂書而歸之。

題晉州官庫所藏《大明律》卷後

余按事晉州，索《大明律》。吏以兩部進，其一以活字印，其一鏤版本也，而紙色甚古，字刓墨黯，遂取活字本考閱。

一日有暇，乃閱鏤版本，尾有短跋，洪武乙亥二月，尚友齋金氏作也。其名字已刓缺，而殘畫似哲似樵，未知爲何人。博考或可得之耳。其文曰：

"刑者輔治之法，不可爲忽也尚矣。諸刑家製律，或有過不及之差，有司病焉。此《大明律》書，科條輕重各有攸當，誠執法者之準繩。聖上思欲頒布中外，使仕進輩傳相誦習，皆得以取法。然其使字不常，人人未易曉，況我本朝三韓時薛聰所製方言文字，謂之吏道，土俗生知習熟，未能遽革。焉得家到戶諭，每人而敎之哉？宜將是書，讀之以吏道，導之以良能。

政丞平壤伯趙浚，乃命檢校中樞院高士褧與予囑其事。某等詳究反復，逐字直解。於呼！予二人草刱於前，三峯鄭先生道傳、工曹典書唐誠潤色於後，豈非切磋琢磨之謂也歟？

功旣告訖，付書籍院，以白州知事徐贊所造刻字印出，無慮百餘本。而試頒行，庶不負欽卹之意也。時洪武乙亥二月初吉，尚友齋金哲謹識。"

蓋其初亦以活字印之，而後來有人爲之刻版也。其每條下方，有雙行書若注釋，卽所謂讀之以吏道者也。悉用東國吏道方言，以釋其文，又往往有原文所未及者，推演其意而廣之。如立嫡子違法條中，原文曰："其遺棄兒年三歲以下，雖異姓，仍聽收養，卽從其姓。"旣釋以吏道而推廣之曰："父母亦難便棄小兒，而見人財產富饒，貪利爲安，自己子息，强置他人戶中，冒稱遺棄小兒，毀亂風俗者，不在此限。"此其本文所未及也。如此者應不止此一段，余方按事恩恩，未及盡閱。

嗚呼！歷代律書，惟此爲至精盡矣。今《淸律例》皆原據此書，則《大明律》一部，至今遵用，天下皆同。而考乾隆《四庫總目》，特揭《淸律》，退置此書於《存目》。意者中有忌諱而然歟？

我朝四五百年，明啓刑書，惟此是遵，而國初名臣之致意於有用之書者，乃如是焉。凡今之士，廢而不講，只付諸吏胥，故紙堆中，披閱之餘，不勝感慨。此本未知他邑亦更有之否，殘缺如此，重可悲矣。

敬題楊椒山、楊應山二先生遺墨後

同治壬申孟冬，會飲倪淡園恩齡室，主人以椒山、應山二楊先生遺墨相示。卽椒山手述平生始末，若年譜之爲者，及應山手艸劾魏璫疏也。

二先生手筆，雖隻字、片言，皆可寶重，況此兩本，烈烈轟轟，爲天地間正氣，歷萬劫而不磨滅者乎？後學於一日之內，得見兩賢偉迹，又豈可煙雲過眼，與鑑賞晉、唐名帖，比而論哉？

齋歸寓館，敬玩數日，兩先生凜凜生氣，髣髴夢寐見之。託名卷後，自以爲榮，敬書短跋以歸之。昔拜椒山祠堂，拓歸先生諫艸。若應山此艸，未聞刻石。如有有心人爲之，又願得一本也。朝鮮後學朴珪壽謹記。

題孟樂癡《畫菊帖》

清陰先生歸自瀋館，山陰孟英光爲畫丹心菊。先生贈詩有云：“他年爾到江南日，儻記河梁泣別時？”孟生何如其人，而先生乃有河梁泣別語耶？此其故宜思之。

張庚《畫徵錄》有山陰人孟永光，是必英光也。錄稱“永光字月心，嘗游遼東，後入燕，性高曠，不樂仕宦”。其遊遼東，正是爲先生畫菊之日。而不樂仕宦，豈非自有所守者歟？其字月心，又安知非托意而爲隱歟？

珪壽嘗過瀋陽，宿𡧵姓人家，主人彷徨囁嚅，夜深乃自言其祖進儒爲嘉靖時名宦子孫，避兵東出，到鳳凰城被執，遂隸旗人。慷慨掩抑曰：“當時貴國節義之士，或繫或死於此城。至今吾輩皆傳道也。”問：“君能記其姓名否？”答：“具在《開國方略》書，吾曾讀過。”

嗚呼！中間二百餘年，漠然水逝雲空，而凜凜烈烈，尚爲此地人激感。不知山陰孟生，爲何羈旅遼、瀋，而親見君子南冠之容，畫必以菊奉贈，其志所存可知也。

王漁洋《感舊集》錄先生朝天時諸作，亟稱“東國解聲詩”。東方人乃謂先生詩最協聲調，故爲漁洋所取。殊不知《感舊之集》，自有精義，而其錄先生詩，非直爲詩之合選也。

燕市人得傅靑主水墨山水、八大山人魚蟹小幅，售價甚高，非以畫也，重其人也。是卷之丹心菊，若使海內有心人見之，亦必因先生而重矣。甲戌仲冬，潘南朴珪壽謹識。

題龍槐廬《彭溪傳奇》後

姜烈女，湖南新寧縣彭溪村人也。父業商，遭兵亂失資歸農。烈女幼約婚於同縣吳姓，從征未歸，烈女十六歲尚未嫁。

縣有土豪曰錢員外，富而有權，知烈女有殊姿，故以財餌其父，從而脅求之。烈女急迫，宵走吳家。錢豪又利誘吳家翁姑，於是閉烈女於樓上，而讓錢豪於樓下。烈女知終不可免，遂縊焉。事在同治二三年，而錢之伯高官也，一鄉嘿不敢言。

龍繼棟號槐廬，婦家在新寧，故聞其詳而哀之，演爲傳奇。丙子春，從燕使之回逗示，要余題評。姜大姊完節，須立一佳傳，以續中壘之編，今乃詞之曲、白之演爲傳奇，欲使文人墨客、孺子婦人無不觸目盈耳，感激嗟歎，繼以憤惋，從以唾罵。一以裨補風教，一以誅斥姦頑，得風人之旨，嚴董狐之筆，是爲作者苦心爾。若夫纏綿悽惻，不忍終讀，文字之妙，且不暇論矣。

彝倫綱常，王政所先。前明洪武中，有軍人脅取民婦。有司知而故縱，明祖怒之，盡行處斬。如斷此案，則未知當何以處之。

《彭溪傳奇》，向得李菊人携示。披讀之餘，不勝激慨，聊題數語，請松琴大人正之。

題《邵亭遺墨帖》

戊戌歲，余於洭上，晤三登宰沈侯，袖示邵亭病中志懷之作，蓋絕筆也。撫覽之餘，不覺涕泫泫。既而沈侯裝爲帖，要余轉示同志友朋，亦余對侯有不欲泯沒之語故也。

邵亭墓艸已宿，是帖尚存余處，披玩益不禁愴然。記甲子春，余與邵亭同日被講官之命，伊後四五年，余則按節居外，橫經登陛之日，邵亭爲多。敷奏演釋，明白懇摯，引君當道之誠，溢於辭色。今其臥病中，力疾題詩，忠愛惓惓，後之覽者，雖未嘗見公，尚可知其立朝本末爲何如人矣。

公嘗奉使中國，與儀徵張午橋丙炎友善。及同治初載，午橋與諸翰林取經傳中切要語，修《講義》有成書，以資經筵啓沃。公聞而求之，午橋爲寫寄一本。未幾而公歿，午橋遙致文侑之，有曰：

"賢王幼沖，端賢輔導。方賴老成，引之當道。遠索《講義》，冀進規箴。責難陳善，款款忠慨。"

公之一段衷誠，爲中州士友所孚感，而見重有如是矣。

今其《講義》尚在公家，余亦曾一寓目。愴念公求此書之志，苦心所在，爲何如也？與此詩帖共爲之摩挲，歎息不能已也。

序

《居家雜服考》序

吾弟藻卿夙有異質，童年嗜學，以禮律身。經禮十七，悉以綿蕝習之，盡其繁曲，默通精義于廟寢之制。器、服、車、旗章采之物，辨之尤詳，考據證引，不外經傳，而明白纖悉，皆合人情。嘗謂：

"士冠三加，具玄端、皮弁、爵弁之服者，士之盛服，固無進於是者。然在家則事父母，玄端其服也；在朝則事君上，皮弁其服也；在廟則事鬼神，爵弁其服也。成人之事，於是乎備焉。《記》曰'三加彌尊，喻其志也'，此之謂爾。非朝服也，非祭服也，苟焉充三加之數已，豈非失其義陳其數，有司之事者乎？"

蓋禮家言三加之義，從未有此論也。先君子嘗深許其說。

歲辛卯，藻卿年十六將冠，爲製深衣衣裳之制，而以今之朝祭禮服，備成三加之儀。藻卿既美顏貌，素嫻禮容，于時赤芾朱裳，鳴玉出房，衆賓在位，莫不爲之灑然改容也。

既而藻卿謀於余，謂"今朝祭法服，尚有周家典型，獨士大夫居家爲禮，闕然無衣裳，其婦人服飾，違禮益甚。前輩有識久已言之。究諸古法，惟玄端、宵衣，在九服、六服之外，爲士家正服。議禮非匹夫事也。雖然，原據經傳，立爲一說，足以補先儒之未備，而深衣之疑殆類聚訟，亦庶乎因是而辨之"。

余時樂聞其說，不揆僭妄，輒爲立稿，周歲而得《居家雜服考》三編。藻卿自以幼年，于筆墨記述，退讓不居。是以掇輯論說，皆出余手。至若沿流溯本，旁引曲證，縷分毫析，心解手驗，使古制之茫昧未詳者，燦然目前。又爲之圖繪，加以評駁以相發明。凡書中之緊要精切，藻卿之力十居七八。

且欲自爲一書，次第及宮室、器車，纚纚然樂不可勝。不幸門祚衰薄，天倫知己，一朝云亡，復臨此編，中膓如割，廢置篋笥，久不忍啓。歲月侵深，同志友生，往往發取讀之，謬加稱道，而殊不知是書之作，本出於藻卿之志也。藻卿嘗言：

"橫渠張子議買田一方，試畫數井，誠以文字空言，不如目驗實事爾。士大夫苟能移池館、亭榭之娛，則廈屋一區，不難成之矣，減珍怪玩好，則竹木方圓之器，可試爲之，而去奇邪便褻之服，則逢掖、端韠可試製矣。子弟能拜跪，試令習升降、揖讓、周旋於其中，然後當自知今人起居、飲食，全無法度，而周公之禮，卻甚簡易，行之於今，無難事也。"

嗚呼！其篤信古人，有志邁往，非區區拘泥於儀文微末者所能言也。豈天不欲廈屋禮器之有成，而又不假之年壽，

不及有一卷書著述以示於後？　後之君子，　當知余於此編，
有無窮之悲也。

辛丑仲冬旬有五日，潘南朴珪壽題。

《雜服考》既脫稿，藻卿又復手寫一本，此本是也。乙
未夏。在章山謄較，遂成絕筆。仲冬旬有五日乃其亡
日也。歲月流駛，已六更曆矣。窮山歲暮，復值茲辰，
竟夜無眠，明燭書此。珪壽又識。

《文貞公文鈔》序

七世祖文貞公《汾西集》十六卷附錄一卷，藏版于天安郡廣
德僧舍。又有在笥稿二十卷藏于家，皆先祖手筆艸墨也。
宗子之家，數歲以來，喪禍荐酷，傳世書籍，散亡殆盡，而
在笥稿全部，亦在佚中。

嗚呼痛哉！吾家舊有寫本《汾西詩文》四冊，亦佚其半。
其標識稱曾王考遺稿者，蓋我高王父章簡公親手錄定也。今
取原集與之對較，則其同異詳略，多有互相出入者。竊意原
集既鏤版行世，而高王父復鈔家藏存稿，以成此編者，則在
笥全部，今既不可復見，而幸得此本，猶傳其十之一二概矣。

然卷帙單寡，既難孤行，而竊觀唐、宋諸家文集，亦多
重訂別本，體裁規撫，各有取義。輒敢不揆僭妄，參合原
集，重整編次，今得詩古、近體共三百二十八首，爲第一、
第二卷，序、記共十七篇爲第三卷，書牘五首爲第四卷，碑

誌七篇爲第五卷，行狀四篇爲第六、第七卷，祭文七首爲
第八卷，辨、策、贊、銘、頌、題、跋共十七篇爲第九卷，
附錄一卷共計十卷。題曰《文貞公文鈔》，誠以選錄旣簡，
而且以示別，使後之人知《汾西原集》自有剞劂全本也。

　　嗚呼！恭惟先祖種德垂庥，孫支競爽。惟我高王父之
世，大功兄弟且十有四人，鴻儒名卿，同堂而飯食，所以繩
述先訓，貽詔來許者，亦旣深且遠矣。則凡家集遺書，是必
人抱一束而家弆一部。今若聚而合之，則斷簡逸編，必將復
有所得，而數卷遺岠，不獨吾家有也。顧後屬疏遠，散處異
鄉，搜訪萃集，未可倉卒。庶幾其相與告言而贊成之者，深
有望於族黨之諸賢云爾。時乙巳仲春，不肖孫珪壽謹識。

《河忠烈公貫系辨誣錄》序

河忠烈公貫系之誣，公之裔孫始澈爲辨三編。誣之大目有
四：變貫也，冒祖也，絶倫也，易姓也。

　　其變貫柰何？非族者雖稱忠烈之孫，患不可忽變其貫
鄉，不如變忠烈之貫以從己也。於是乎變貫之誣作焉。

　　其冒祖柰何？雖變貫以從己，不如移忠烈而繫之譜牒，
益可徵信。於是乎冒祖之誣作焉。

　　其絶倫柰何？所大患者，漏網之血孫也。寔出忠烈之
長子，不如磨滅長子之名，可斬除本根。於是乎絶倫之誣作
焉。

其易姓奈何？終患有磨滅而不得者，不如變換其姓以疑亂人也。於是乎易姓之誣作焉。

誣之者譎計詭辭，巧僞百出，援據證引，皆足以眩惑朝野。而父壽子幻，世增其誣，積久至百年有餘，譬如勍敵盤據，城壘已成，非單師奇兵所可破者。

後之君子觀乎是編，自可知始潑之沈痛激憤，可謂張空拳冒白刃，不懾不撓，矢死靡悔。而條分縷析，竹破氷散，彼之飾詐造贗，杜公眼撰已私者，竟使畢露而莫掩，不亦難乎哉？

始潑號丹餘，謂丹溪之餘裔也。不佞識自弱冠時，蓋其辨明考證，悉據國乘、野史、郡誌、家牒與夫前輩昔賢之書疏、劄記。如有片言、隻句可相發明，即日往求，視千里如戶庭。是以遊歷京都、湖、嶺，歲率五六往還。家甚貧，資斧無從出，啜囊菽飲水，走數百里不飢。

一日裹創左手血淋漓，來見余泣曰：「吾有血書呈大宗伯，閽者不納也。」出自袖中，其腥射人，赫然可畏。且曰：「遇他宗伯十遭屈我，我可一笑，惟此宗伯故泣耳。」蓋號籲躑路，而淵泉洪公方在宗伯，幾爲誣說者所誤也。

不佞亟謁洪公曰：「人有血書，而閽者不納，恐爲盛德累耳。」洪公大驚，遂令兩造而曲直乃判。

丹餘之墓木已拱，而其家以辨誣始末，將付剞劂，其求序於不佞宜矣。丹餘訥於言辭而敏於辨駁，拙於文詞而精於考核，平生誠力，皆在於此。殆忠烈有靈，不徒血脈之不泯也。

雖然，不佞嘗爲吏，凡遇詐僞之訟，論其大體而已，不復一一攻破其詐僞。蓋彼之構詐作僞，類皆鹵莽荒雜，不如留之，使有識者皆得一見而辨之。若復屑屑然辨明，安知不奸細者，乃覺其謬而改易變幻，由鼺而入巧乎？

夫忠烈公臨命遺券，詐僞之鼺而易辨者也，鶴寺魂記之暗膽而焚燬，詐僞之凶巧而難辨者也。是書刊布，而丹溪之族無復丹餘其人，則吾恐彼之詐僞，有愈出而愈巧者，爲丹族而憂之云爾。

重刊鄭剛義公實記序

余嘗以嶺南繡衣御史，過永川之朝陽閣。庭畔有臥碑，磨礱已久，而無文字之刻。怪而問之，土人曰：

"吾邑當萬曆壬辰，陷於倭寇，邑人進士鄭世雅，與其子宜藩倡義起兵。是時新寧武官權應銖亦招募鄉勇，遂與之合兵剿賊，克復吾郡。朝廷嘉兩義士之功，于存于歿，皆累蒙褒贈。而兩家子孫，爭欲以全功歸之乃祖，聚訟不息。雖治紀功之石，迄無紀功之文也。"

余聞而悲之。

昔韓文公辨張中丞、許濉陽死節之有先後，深恨兩家子弟不通二父之志。夫鄭、權二公，非有官守之責，非有素養之士，而當狂賊鴟張之日，倉卒糾合義旅，奮不顧身，此其志功利是爭者乎？二家子孫不惟不通二祖之心，脫有緩急，以若卑下陋淺之志，豈能效乃祖當日之爲哉？

旣而鄭、權之孫，復迭訴其事於御史，余據事理而兩解之。後十有餘年，鄭家有遊於京師者，權孫疑其專揚厥祖之美而奪權公之功。乃構誣於捕盜將，欲以危法殺之。于時余職在參聞廟務，爲辨其孟浪而事遂得白。

又十年鄭公之孫熙奎以重刊鄭公實記，來求序於余。且曰：

“吾祖蒙賜諡剛義久矣。而宗家不戒于火，諡誥今亡。則權氏乃謂未嘗易名而僞託剛義也，作爲文字，以眩惑一路士林。是又屠孫之痛心者也。”

余按館閣所藏名臣諡考，載“鄭世雅諡剛義，致果殺賊曰剛，先君後己曰義；權應銖諡忠毅，危身奉上曰忠，强而能斷曰毅”。夫二公之同功一體，節惠之文，竝紀太常，蓋如是矣。後世子孫必欲軒輊之不已，自犯詆誣，抑獨何哉？

噫！龍蛇板蕩之際，孤忠卓節，豐功偉烈，極一時人物之盛，卒成中興大業。至今三百年來，聖朝之酬報崇獎，靡有不及。獨怪夫稱述先故而希望干求者，迄未已焉。今夫炳耀已施之典，尙或誣以詐僞，則張皇揚美之辭，必不無乎假飾。末俗澆漓，重可悲矣。

若夫鄭、權二公之績，具著於國史、野乘，無待乎子孫記述，而今剛義後人重刊實記，蓋亦不得已焉。觀乎僞諡之誣，鄭、權二孫之是非枉直大定矣。備書以歸之。

《圭齋集》序

圭齋太史詩文雜著共若干卷，　公弟元裳尚書蒐集巾衍遺草而得之，付諸剞劂。公之爲文，僅止此已乎？嗚呼！何其少也？

　亭林先生曰：“文不關於經術、政理之大，不足爲也。”公與余蓋嘗深服斯言。顧余魯鈍汗漫，其於文字之業，無所成就，若公則以絕異之姿、通明之識，經緯經史，貫穿百家，其發爲文章，必有至足而不能自閟者。今存稿副本，乃不過尋常應酬之作，草草如此。豈非公之立志不欲詞翰自命，而有所不屑者乎？

　自唐、宋以來，爲史傳者，有文苑、儒林之別，誠以文章名家，著述傳世，其致有不同也。夫沈潛義理，縷分毫析，有以羽翼經傳，啓發後學；又或講求治理，修明禮樂，有以尊王黜霸，爲法後人，以至詰戎、課農、測天、括地之類，非學有根柢專心爲經世之大業者，不能也。

　夫君子之於學也，其游藝擇術，亦各因其志之所存、才之所長而已。公與余其嗜好趣尚，靡有不同。是以竊自以爲知公深者，莫余若也。惟此寂寥數卷，何足以見公之志之所存、才之所長乎？

　公嘗與余言：

“古來治經之家，如康成諸儒，多閑居專功，不爲仕宦所奪，若杜元凱則戎馬之間，不輟箋註著書，如鄭漁仲、馬貴與諸人，亦皆不縻爵祿，優游自得，若杜君卿、王伯厚鴻典鉅編，在其翱翔廊廟之日。以此言之，吾輩但患無其志，不患無其暇耳。”

公之篤志邁往，有如是矣。今其經史商訂之迹，徒見丹黃塗乙，宛如昨日。而天乃不假之年壽，豈所謂命耶？

記歲庚戌，余晤公湖南，公在藩司，奉景陵諱，經年尙未歸也。相對流涕，道先朝舊恩。余與公約“買田洌水間，卜居結隣，扁舟載書，日與往還，其樂可敵百年，而載之空言者，亦可就幾廚書矣”，公喜甚。然顧余亦卒卒未遑，且俱戀眷明時，此計腕晚。而今余握筆爲公遺集之序，不亦悲哉？

公中年所輯有《海鏡細草解》、《推步續解》、《儀器輯說》諸書。余向在燕都，與太原王軒霞擧遊，知其留心籌數。今擧而贈之，霞擧必服其精詣而壽其傳矣。

《屯塢集》序

客有袞[6]衣博帶，抱十數卷書，造余門而言者曰：

“吾師屯塢處士篤學力行，七十九歲而卒。其言曰：‘程、朱兩夫子，後孔子也；李文成、宋文正，後程、朱也。學聖人必自程、朱始，學程、朱必自文成、文正始。雖微言、細行，一經朱、宋定論者，決意邁往，罔敢疑貳。’此其遺書，而言行略具焉。願惠邀公一言以弁首，徵信於後世也。”

---

6 袞：底本에는 “裒”. 문맥을 살펴 수정.

余既無眞知實踐可能發揮儒者業，且株守前賢戒，不喜藻飾空言，遂揖而謝之。客不信余言，旅食數月，謂不可徒手而返，其意有足感人者。

夫天之生斯民也，農工、商賈以業自食，而惟士之食於人者，以其有治人之道也。王公大人以至凡百有位，其以道治人，雖職有小大，爲士則一也。乃有蓽門圭竇砥礪廉隅以自修厥躬者，人或謂一鄉之善士，而殊不知以道治人之功，不讓於有位之君子也。

蓋余昔聞諸學士醇溪李公，夙知屯塢處士，學有淵源，踐履篤實，蔚然爲北方人士宗。今閱其所與往復前脩諸公書牘，益知其造詣之精深，而於醇溪公爲千里神契也。其門弟子謁余者，又皆重厚質愨，動止有容儀。豈非處士之學，敦本務實，躬行心得，足乎己而及於人者乎？集中諸詩文，特餘事耳。

所著《日籍》八編，起自六十八歲，迄其沒凡十有二年，晝日所爲言行、動靜悉記之，其讀某書幾葉，見解新得悉記之，以之體驗而自警焉。律己用工之刻苦精嚴，老而彌篤，乃如此矣。

嗟呼！君子之於學也，非欲獨善其身也。譬諸規矩準繩，先自治而後治人。處士屢被論薦，除職不就。雖終老林壑，而表率矜式，使一方之學者，觀感起勸，彬彬然讀聖賢之書，興孝悌之行，涵育於熙朝聲明之化。

若處士者，可謂無其位有其事，不負其爲士者也。後之君子讀其書，自當有辨之者。來余謁文者，李綱泖、許侖、林熙曾也。

《西歸集》序

西歸李公詩文共若干篇，後孫節度承淵裒輯校正，附以公伯氏《雲巖遺稿》，求序於余曰：

"先祖兄弟，富有著述，中世燬於火。今茲斷爛殘編，不忍遂付蠹鼠，爰謀鋟梓，庶幾君子之藉以尚論，而來裔之有所承守也。"

余旣讀而歎曰：

"公兄弟大義高節，固不待文字之傳不傳耳。然寂寥一卷書，使人激昂悲憤不能自已，是豈徒以文章而然哉？"

余少讀黃文景公《皇明陪臣傳》，敍述司諫李公興淬上疏斥和與其弟有慷慨語，然不爲其弟立傳。及得陶菴李文正公所著錄，始知其弟執義諱起淬，而兄弟秉義棄官，相携入山，終老靡悔，雲巖、西歸，人稱所居而爲號，黃公之不爲西歸立傳，殊恨其有遺也。

嗟乎！歷代興亡之際，忠臣烈士之成仁全節，磊落可記，而未有盛於宋、元之交。自夫故家世族，以至伶人、賤工，以姓名傳者，殆千百計，其隱蹤晦迹，又不知幾何其人也。然從未聞藩服侯邦，最多死節之陪臣、自靖之遺民，如東國之當崇禎季年也。

此其故何哉？亦皇朝眷顧之恩，偏厚於左海也；亦先王培養之化，積累於百年也。是以所遭值晦冥震剝，未必更甚於宋、元之交，而士爭以舍生取義，得正而斃，爲報天子也，爲答先王也。至或曰"無不死之人，無不亡之國。欲社稷與殉而無少悔"，其烈烈轟轟，可謂日月爭光。而天子之厚吾先王，吾先王之媚于天子，於此可見，夫豈前代之所可比論哉？

嗚呼！天翻地覆，明統遂墜，而天下抱恨齎志之士，遯迹棲遑，得以完節沒齒者，不可勝數。時代稍遠，駸駸然著顯于當世，無復忌諱，隨之以褒揚，梨棗其文字，俎豆其鄉里，中原士大夫之心，亦可以少釋鬱結矣。

然而寤寐摽擗，終不能前王之是忘何也？竊惟三代以下，得聖人之位，行聖人之政，無大無小，爲範爲式，四海生靈，至今日享其福澤，明皇祖攸賜也。由是論之，雖謂之皇業未亡可也。

余嘗北游燕都，得與有識之士，揚扢言議。觀其典制法度，大抵遵守前朝，而萬曆、崇禎母后聖容，往往盛飾寺觀而崇奉之，亦可見都人士女之情矣。由是論之，雖謂之明室尚存可也。

今序西歸之集，牽連而書此者，李公而有靈，庶可慰誰將西歸之歎，而感好音之懷矣。

瓛齋集

卷五

潘南 朴珪壽 瓛卿 著

弟 瑄壽 溫卿 校正

門人 淸風 金允植 編輯

祭文

祭北海趙公文【庚寅二月】

維年月日，酹于某山下某坐之封，拜且哭曰：

嗚呼！此北海趙公之墓也。嗚呼！趙公之靈！知來哭者朴珪壽乎？其冥冥忽忽而無知乎？其赫赫烈烈無不之乎？其將峙而不頹，秀萬仞之喬獄，凌蒼穹而崔嵬乎？其將流而不渴，汪汪者爲陂澤，浩浩者爲溟渤乎？其將聚而不散，若天河之皎皎，若啓明之爛爛乎？迹存沒而無憾，理幽明而豈殊？惟其清愼豈弟之德、莊重雍容之儀、溫厚典麗之文、本經支史之學，嗚呼！不可復見矣。

嗚呼！小子生晚學淺，謏陋寡聞無足言者，惟我公忘年位之已高，愛至愚之一能。屈長者之車轍，解孺子之懸榻，凡所以獎詡傾倒者，非惟視之以可敎而已。方其歡樂之極，縱談論古來民憂、國計、文章事業、成敗安危之迹、同異得失之辨，以至制度之沿革、聲詩之正訛。纏綿惻怛，慷慨激昂，光明磊落，纖悉反復，開豁志士之心胸，鼓發文人之神情。每一開襟，所獲承者累十百言，覺中心之如飽，忘白日之西移。曾謂此樂可敵百年，嗚呼！不可以復有矣。

嗚呼！古之達人，視存化爲寄歸，齊彭殤爲一理。夫由我公而視之，亦復何欣而何慽？

竊自念其濩落焉而心無所樂，佺侗焉而疑無所質，不敢爲公悲焉爾，抑亦自以爲悲爾。

嗚呼！公靈有知，尙亦悲小子之苦心爾。幸而立身行己，得免於君子之譏，又幸而得附傳姓名於斷簡蠹編之末，百世之下，人有定評，以爲之人也如斯如斯。惟是可以不泯其苦心，而不孤我公知照之盛爾。

嗚呼！公靈有知，尙亦悲小子之苦心爾。尙亦悲小子之苦心爾。矢心以告。嗚呼哀哉！尙饗。

祭外舅李公文

維己酉二月朔日庚子，潘南朴珪壽，謹以菲薄之奠，哭訣于外舅故郡守延安李公之靈曰：

嗚呼！公之沒，今焉三更朔矣。聽其自然以還太虛，存順沒寧，何憾何慽？伯道無兒，不暇爲公恨矣；黔婁布被，不足爲公悲矣。

迹公平生，清苦澹泊，畸窮孤枯，此夫君子之所謂命也。公之達觀、高識，固已安之而無怨，處之而無悔，介然自守，全以歸之，顧安用婦人孺子區區之語，紆述悲悼之情爲哉？

嗚呼！公之疾革矣，而珪壽縻職禁省，不敢言私，逮夫奔走來歸，公之在殯，已有日矣。竟未得躬自效於夏、商祝之事，此足爲幽明之恨，而尤有所鬱悒于中者。公旣無嗣，嘗擬以從孫一人間代爲後，而置疑古禮之合否，未有遺令之丁寧。或者撤瑟之辰，欲有一語，思見珪壽而未得歟？

昔者晉之苟顗，以兄孫爲嗣；何琦之從父，以孫繼祖，而琦謂"禮緣事興，不拘於常也"。雷次宗之釋《儀禮》"爲人後者"之文，以爲不言所後之父者，或後祖父或後曾祖，凡諸所後，皆備於中。庾純之言"爲人後者三年，或爲子或爲孫"。何琦、庾純，古所稱知禮君子。是以有識之士，據此數說，以爲間代取嗣，於禮不悖。

雖然，竊謂禮之爲用，惟時爲大。蓋有可通於古而未可通於今者，而況考諸律令，既無國制，從周之文，庶幾寡過。無已則姑令從孫而攝主，以俟昭穆之有繼，是爲後死者責歟？

嗚呼！忽憶往歲之春，珪壽射策東堂，歷就公第，蒼苔滿庭，閴若無人。遲徊於古梅樹下，公矓顏華髮，開戶視之。聞從場屋歸，笑曰："余忘之矣。今日乃會試耶？"嗟乎！公於聲利芬華，蕭然無累，而獨爲老女婿，望其一科名，宜若汲汲，尙不曾罣諸胸中有如是耶？

嗚呼！氷蘗之操、狷介之姿、樂易之韻、老成之典型，尙誰能識之耶？日月有時，靈輀將啓，而東郊新阡，乃二十里近耳。庶能時過其下，澆酒宿艸，以不負車過腹痛之戒耶！嗚呼哀哉！尙饗。

謁先祖戶長公墓文

維[1]歲次辛亥三月戊子朔二十八日乙卯，後孫通訓大夫、行扶安縣監珪壽，敢昭告于顯先祖考潘南縣戶長府君。伏以恭惟我祖，神聖之裔。種德毓慶，綿永百世。孰非其孫？雲仍千億。磊落聞望，亦在賢德。血脈繩繩，以暨我躬。靜思骨肉，感念無窮。銅章華轂，宦遊南國。虔具菲薄，來拜塋域。周瞻優然，若承慈顏。黃耈鶴髮，顧我以歡。曰此小孫，云誰之兒？左右余膝，載嬌載癡。媕娜其容，亦有妗服。曷不撫愛？受茲介福。小孫有辭，稽首祖考。祖考之賜，匪栗匪棗。祖考多福，本支悠悠。恐墜厥緒，爲祖考羞。錫類餘慶，祖考默祐。俎豆文獻，庶有承授。小孫稚駭，尚未抱子。每念宗祀，靡所底止。精神氣息，一理相通。再拜默禱，訴我苦衷。賴天之靈，祖考之休。挺生偉人，景眖潯周。報國承家，休有光烈。惟我祖考，豈不以悅？明明我祖，厥初感生。豈必高禖？先祖是聽。尙饗。

---

1 維：底本에는 "誰". 문맥을 살펴 수정.

神道碑銘

忠貞朴公審問神道碑銘

有明景泰七年，　前行禮曹正郎朴公審問充質正官赴京師，十月丁未，還到義州，聞成三問等六臣謀奉上王復位，事覺而死。夜召從行人，授一封書曰：“誠吾兒，必以上王時所除禮曹郎，題吾墓也。六臣之謀，吾實與焉，今六臣者敗而我獨生，何面目歸拜先王乎？”遂飮藥而卒。

當是時死事諸臣，皆遭禍甚烈，而公之死遠在徼外，則忌諱怵惕，黯昧不顯。而惟寧陽尉鄭悰，上王姊敬惠公主儀賓也，密記六臣事始末，幷及公之死甚悉。純廟甲子，大臣以公後孫景雲爲祖申籲，據鄭公之記論奏曰：“端宗舊臣朴審問，其爲主死節，不下於六臣，宜贈顯秩。”乃命贈吏曹參判。

戊子幷祀于莊陵側六臣之彰節祠，哲宗丙辰，加贈吏曹判書、兩館大提學。今上八年辛未，贈謚忠貞，事君盡節曰忠，清白自守曰貞。於是乎公之大節始大顯，而炳朗乎百世矣。

公字某，號淸齋。朴氏系出新羅王子，其封邑密陽者，後爲密陽人。高麗時有諱思敬典法尙書上將軍推誠翊衛功臣，寔公曾祖也。祖典儀判事諱忱，錄本朝開國勳。考諱剛生，號蕗山耕叟，倡明程朱學，一時英俊，咸以經術推重。官集賢殿副提學，贈左贊成。妣坡平尹氏，三司右尹承慶女。舉三子，公其季也。

生于永樂戊子。幼聰穎，見者期以大器。及贊成公卒，二兄先亡，年纔十六，煢然孤子，能居喪盡禮，養母盡孝。篤志力學，有士友望，宰執剡舉，補仁壽府丞、司醞署直長。正統丙辰世宗臨軒策士，擢丙科。公以法家子，聲譽藉蔚，物議許以清要，女弟有選入後宮者封莊懿宮主，以是兢惕斂退。

丁巳朝廷將開拓六鎭，都節制使金公宗瑞辟爲從事，諮以邊務。公曰：「或以爲拓其地逐其人，非王者綏遠之政。然野人勁悍，朝夕反側，不如徒南民以實之，計在萬全。」金公力請于朝，一如公言，北邊賴安，以勞陞拜禮曹正郎。

景泰癸酉，惟我端宗元年也。領議政皇甫仁、左議政金宗瑞、右議政鄭苯死於國難，而世祖受禪，尊端宗爲上王。公慷慨語兄之子仲孫曰：「『自靖。人自獻于先王』者何謂也？」遂謝病杜門。公素友善河忠烈緯地、成忠文三問、李忠簡塏，時相過從。方公之充質正官赴京，與諸公飮餞，悲歌感憤，歔欷流涕，人莫能測。及公之臨歿有言，子弟家人始知其矢心與六臣同死者久矣。

嗟乎！六臣事發，在公出疆之後，六臣者雖欲無死不可得，公則若可以死若可以無死。是以尙論者，以公之死爲難。

雖然，公之隱忍不死，亦已久矣。思欲有待，一伸其志，而竟無奈何，則亦死而已，此六臣之志也，此公之志也。惟我聖朝，褒忠義、獎節烈，度越前代，無微不闡，無幽不彰，則六臣與公之顯晦先後，不足論也。

　　配清州韓氏，副使承舜女，聞公訃從殉。生七男一女：元忠，文科通判；元恭，司直；元懿，司直；元正，進士；元良，生員；元溫、元俊，護軍。孫男十有八人，後承蕃衍，代有聞人。興勸儒學，俎豆於珍島曰衍；破倭於嶺南，謚毅烈曰晉；扈駕南漢曰隨亨；陪儲君瀋陽，賜御書忠節曰敏道；以孝旌閭曰麟壽，此其最著者也。嗚呼！天之報施於公，視六臣爲厚矣。銘曰：

　　維高陽郡，里曰元堂。其崇四尺，有封于岡。大書深刻，禮曹正郎。是維忠貞，朴公之藏。維此忠貞，百世流光。六臣與儔，死爲綱常。扶日虞淵，欲返榑[2]桑。謀則疏矣，義塞穹蒼。庶無愧色，歸拜先王。星冠玉佩，左右雲鄕。捐生成仁，遼海茫茫。始晦終顯，悠久彌彰。太史作銘，用詔無疆。過者其式，咨嗟傍徨。

2　榑：底本에는 "槫". 문맥을 살펴 수정.

墓碣銘

成均生員河君墓碣銘

生員河承門，以其先王父家狀來乞銘。余雅不樂與人作諛墓語，辭之固而請愈固，相守不去。余旣不得已，且感其意，取讀其狀曰：

"嗟乎！是可以銘也夫！是皆家人庸行人倫之所當然，無甚奇異殊絕，人莫能及焉者，是可以銘也夫！"

蓋幼而穎悟，能慮事周密，能急人之難，長益自修，專心經傳，事親致養，歿致其哀。篤友弟妹，推及同堂，卹孤立產，咸有條理，祭祀賓客，無惰儀無倦色。充是類也，苟進身於朝，又豈不事君盡節者乎？無藻繪之文、夸飾之辭，而一鄉之稱善士無二辭，其可以銘也審矣。

按狀君諱致龍，字雲卿，河氏丹溪人，以純廟癸亥生，中丁酉生員，乙丑十月卒，葬于開城府西墨只洞卯坐原。配金海李氏，勉祚女，無育。繼配陽川崔氏，鎭日女，生三男二女：男鑄、鏡、銑，女適李殷榮、崔基順。

凡君之居家行誼，有鄉人士某某之誌若狀，今舉其綱而不細述焉。初青松郡事河公諱澹，生忠烈公諱緯地。景泰丙子，六臣事發，忠烈公四子竝及於禍。長子生員諱璉有子曰沈，以父命依平邱朴氏，轉匿開城，晦迹沒世。是生諱順福，生諱雲鶴，生諱永栟，猶懷畏約，變本貫稱澶溪人。韻書澶時連切音蟬。乃俗人讀若丹，其變丹稱澶者，式微流離，未必博識音韻，惟諱丹溪是急而從俗音誤也。生諱淸運，生諱貴賢，生諱元澄，當肅廟戊寅端宗復位，始復貫丹溪，是爲君高祖。曾祖諱泰文，祖諱宗濟，考諱始千，武科及第。妣淸風金氏，澤寶女也。

有晉州人河龍翼，僞冒忠烈爲祖久之，聞遺孫在開城，要與合譜，君之曾祖拒不從。及正廟辛亥，追酹死事諸臣及其子弟於莊陵之側，忠烈公四子璉、班、琥、珀竝列焉。冒祖者深忌忠烈血孫之自在也，乃或稱璉、班是琥、珀之別名，非別有其人也，乃或稱璉本池姓，原非河氏也。

君之族叔父，有老人名始澈，努目張拳，力辨其誣，彼之變詐百出，眩幻譎詭。而乃窮追亟攻，搜姦剔僞，博證旁援，剖棨破的，彼之情狀，畢露莫遁。其奔走公卿大夫間，涕泗橫流，悲憤如不欲生者數十年。余時年少，聞其辨甚悉，爲之感歎。今敍君祖系，不可不具書其事，俾後人知君之爲忠烈公血禪令孫，芝根泉源之有自也。銘曰：

赫赫忠烈，得有遺裔。灼見天心，不殄厥世。隱約沈淪，中多修謹。叢棘堆璞，蘭翳玉韞。積久乃發，一理孔信。忠賢之後，豈其不振？惟此鮮原，善士攸藏。銘詔後人，必大以昌。

洪處士墓碣銘

始余莅龍崗縣，聞諸生有洪氏尙贇，褒衣博帶，坐必跪立必拱，蚤夜所服習，非俗士業。

余邀與語，質慤之意，溢於辭色。心異之曰："子之上世，意必有敦行君子，模範後人者乎！"尙贇作而言曰：

"吾王父篤志好學，以處士稱於鄉。蓋生有異質，倜儻不羈，喜從俠少爲豪擧。嘗被伯氏警責，授以朱文公《小學》書。既受而讀，怳然歎息曰：'不學，其何以自立乎？雖然，學不可以徒書爲者，吾當孰從而問道？'

或言金先生元行在渼湖，爲當世儒者宗，遂乃委贄請敎。久之得聞誠敬明德之說，以克己從善，切問勇往，大爲先生所獎詡。及歸彌奮迅自礪，晨興灑掃，整襟一室，益用力於經傳。既學有所受，晚益精詣，深造於洛、閩諸子之書。

吾鄉僻處海陬，爲士者終歲矻矻，惟是功令文。至是遠邇聞風，從學者衆，每戒舍近趨遠、騖外近名之弊，一切以存心主一、務本踐實規之。林泉暇日，輒携冠童，逍遙命酌，從遊者靡不陶然心醉。蓋王父爲學之醇正、襟期之昭曠，尙贇何敢典型其百一？惟是明府有問，幸乞一言以賁墓門之刻。"

既而抱家狀來謁，余未果許而解官歸。歲輒裹足千里，其請愈勤，終未可孤其意。

謹按處士諱任濟，字景尹，洪氏南陽人，以高麗太師諱殷說爲始祖。有諱彬，德業、文章爲麗代名臣，謐康敬公。

至曾孫諱康, 封鹽州伯, 子孫爲鹽州人。後復貫南陽, 處士寔鹽州之裔孫。祖諱信得, 訓鍊院僉正。考諱疇九, 妣晉州金氏, 泉鎭女。處士以正宗十年丙午閏七月七日卒, 距其生丁未, 爲六十歲。葬于龍岡神德山坤坐原。

處士慟早孤, 沒齒無華美之服、珍異之食。及居母憂, 廬墓終三年, 毀瘠幾滅性。事伯氏如父, 接鄉人以禮, 忠信款樸, 爲州閭所推服。嘗取《易傳》"敬以直內"之義, 扁其齋曰敬直, 學者因以爲號云。

處士起荒遠寂寞地, 得賢爲師, 學有淵源, 斯爲難能。矧乎矯揉氣質, 卒能有所成就, 卓然矜式於後生, 不亦豪傑士乎?

配晉州姜氏, 萬尙女; 繼配淸州金氏, 萬維女, 俱窆龍岡栗峴。四男龍彦, 元配出; 龍獻、龍健、龍顯, 繼配出。龍彦一男尙根, 四女適李東一、金大垢、金尙龍、林孝元。龍獻取龍健男尙柱爲嗣。 龍健四男尙柱、尙贇、尙權、尙楨, 二女適尹在敦、金錫老。銘曰:

處士初年, 瑰奇卓犖。踔厲奮發, 折節爲學。遐擧拔俗, 求于人師。示我周行, 坦塗如砥。歸來充然, 如飽菽粟。敬以直內, 造次被服。匪以獨善, 訓厥蒙士。其風篤厚, 施及州里。處士之鄉, 我曾觀俗。銘以詔後, 庶無愧恧。

墓誌銘

吏曹判書、贈領議政尹公行恁墓誌銘

正宗文成武烈聖仁莊孝大王賓天之越明年辛酉, 吏曹判書碩齋尹公不得安於朝, 出爲湖南觀察使。 旣而遘禍益烈, 卒于薪智島之謫舍。 後六十一年辛酉, 公子判敦寧府事致仕奉朝賀公, 素衣素帶, 銜卹如初, 撰次公言行立朝本末, 以幽堂之誌, 命諸珪壽, 辭謝不獲。

　　珪壽眇末後生, 不及見先輩盛時, 世故百變, 年代浸舊, 所聞所傳聞無幾, 顧何能爲文字以徵信於後世哉？ 雖然, 乃激感於中心者則有之。

　　嗚呼！ 我正宗大王以聖神之姿, 臨君師之位, 蒐羅英俊, 作成人材, 汲汲如不及焉。而惟公應時而作, 終始契合之盛, 前代罕比。逮夫上賓之際, 爰有密勿之托, 是必公之才猷、器識, 足以濟時艱危, 而聖母之嚮用者以此, 沖王之倚重者以此。乃不免游辭之誣之, 奇禍之中之, 抱追先報今之志, 不瞑於絶海之外, 豈所謂時耶命耶？ 千古君臣之際, 有遺憾矣。

　　謹按公諱行恁, 字聖甫, 初諱行任。純廟五歲, 手書公名"任"字加心, 正宗命改從元子所書, 又取《易》"碩果不食"

之義, 賜號碩齋。

尹氏本貫坡平, 始祖高麗太師諱莘達, 至諱威封南原伯, 子孫移籍爲南原府人。世以忠孝傳家, 仗節死義之臣, 繼迹史書。至崇禎時, 有南陽府使諱棨, 遇淸兵怒罵不屈死之, 贈吏曹判書, 謚忠簡。有弘文館校理諱集, 抗大義斥和議, 殉節于瀋陽, 義聲動天下, 贈領議政, 謚忠貞。有進士諱以進, 聞甲申之變, 不復應擧, 授官不就, 遺令題神主曰崇禎進士。忠簡、忠貞, 兄弟也, 而崇禎進士, 於忠簡爲從曾祖兄弟之子也。曾祖諱泓, 敦寧府都正、贈吏曹參判、龍平君。祖諱宗柱, 贈吏曹判書、龍安君。考諱琰, 世子翊衛司翊贊, 累贈至議政府左贊成, 龍恩君。龍平君寔忠貞之孫, 而繼忠簡之後; 龍恩君繼龍安之嗣, 而寔崇禎進士之曾孫也。

配贈貞敬夫人慶州金氏, 郡守致慶女; 繼配貞敬夫人漢陽趙氏, 宗哲女, 應教備玄孫也。趙夫人方娠, 夢入文廟, 以英宗壬午生公。

自幼聰明秀異, 未弱冠而著錄盈箱, 質禮疑論時務, 皆經世實用之學也。正廟每召四學儒生, 臨殿親考講製, 公進止有風儀, 上未嘗不屬目而稱道之。

壬寅, 擢庭試, 癸卯, 除藝文館檢閱、承政完注書, 選抄啓文臣。除奎章閣待教, 眷注益隆, 閣中諸務, 一切委公修明。

甲辰, 拜世子侍講院兼說書。戊申, 承政院隷有犯罪者, 以公曾在注書, 不能檢束, 命配成歡驛旋宥, 冬拜司諫院正言。

己酉，除義城縣令，換授稷山縣監，尋移高陽郡守，入弘文館爲副校理、副修撰。間除司僕寺正、西學敎授，出爲果川縣監。公在高陽，弊有矯革，上旣試公吏事。而及除果川時，將遷顯隆園于水原，路由是邑，又當營建行宮，供頓功役，旣繁且鉅，民不知勞而籌畫悉辦，拜直閣。以遷園時地方官，陞通政階。拜承政院同副承旨，累拜至左承旨，間拜刑曹參議。

庚戌，拜廣州府尹，始忠貞公之北行也，被執於府城。公痛不忍赴任，上疏陳情，上許之。

辛亥，除楊州牧使，壬子，拜司諫院大司諫、兵曹·禮曹·吏曹參議。癸丑，拜工曹參議，特旨差備邊司副提調。上謂近臣曰：“自尹某之處籌司，予不復下行有司之事，逸於任人，不其然乎？”甲寅，拜禮曹參議，馬島守有書契，舊規須禮曹參議答之。萬曆壬辰，公七世祖文烈公諱遑，禦倭殉難，公義不答修好書，上疏遞免，尋差整理定例堂上。乙卯春，上奉惠慶宮謁顯隆園，進饌于奉壽堂，遂行養老，設文武科，賑民犒兵，以廣慈惠。儀節繁縟，財用浩大，公旣專管諸務，而稟旨裁定，檢飭百司，節費省煩，動中機宜。公自通籍以來，受知益深，上之待公如家人父子。公感激殊遇，殫誠自效。若夫一二事功之見於歷試，而通敏鍊達，人所推服，特公之餘事耳。

論議於淸燕之地，諮畫於帷幄之中，凡經邦御世之略，上所以及於公者，英謨神籌，非外人所得而知。則是固人臣之至榮，而孰知他日之禍，未始不伏於此乎？

戊午五月，丁太夫人憂。始公十歲而孤，教導成就，皆從母教。上念太夫人之賢，特賜賵賻，且御筆誌其墓曰"賢肅太夫人之藏"。公方守制，上有所述作，輒賜札質問，而經傳疑義之往復答問，有裒然成書者。

庚申六月，上違豫，屢降手札，託以後事，二十八日昇遐。貞純大王大妃命進一階，授公都承旨，促令入臨。時倉卒未及宣遺教，公詰大臣，就御榻前，書教曰"大寶傳于王世子"。宣讀畢，且正色曰："大行王平日未嘗近宦侍、宮人，今此輩何敢雜在喪次乎？"於是宮中肅然。

純廟嗣位，寶齡甫十一歲，國人危懼震蕩。大王大妃垂簾，命以朴公準源、金公祖淳，竝拜大將管護衛，中外恃安。公所啓達也。

《記》曰："君未殯而有父母之喪，則歸殯，返于君所。"公雖禫服在躬，其奔赴大喪，於禮無失，而終不以職務自居，疏辭不允。

既服闋，始肅命拜吏曹·工曹參判、同知義禁府事、都摠府副摠管，除觀象監、宣惠廳、壯勇營、承文院、景慕宮、尙衣院提調，差備邊司有司堂上，尋差勸講閣臣，拜同知經筵事。

每陳告于上曰："先大王篤孝事殿宮，敬天勤民，不遑暇食。今日之道，惟在善繼。天崩之初，諸臣痛國勢之孤危，念君恩之未報，擧思殫竭。及夫日月稍久，人心狃而漸弛，惟殿下承先王精一心法以正朝廷。"

撰進《健陵誌》，陛嘉義，其述先王遺志，如"爲恩全君立後，及庶孽甄拔，奴婢勿世"之類，後多次第見行。拜禮曹參判、弘文館副提學，尋移提學，拜奎章閣直提學、同知實錄事。東朝謂公"先王所託心膂之臣"，特擢吏曹判書。

公事先王左右朝夕十有九載，然位不過下大夫，至是懼驟陞無漸，屢疏辭，不獲命。嘗曰："臣之所矢心而藉手，惟在於朱子所云'天下享壽富康寧，朝廷見蕩蕩平平'者而已。"

當是時新經大喪，世道艱棘，門戶之爭，益復紛紜，則公疏語及之，而時人多不悅者。從子象鉉請曰："先王棄群臣，時事多虞，叔父子子無扳援而獨持公道，必不容矣。宜早歸田廬。"公喟然曰："吾豈不念此？顧吾受先王不世之遇，奉有遺托，若計禍福爲身謀，將何以歸拜先王？惟以事先王者，輔幼主，要當一死報國。"

一日東朝進大臣諸宰，詢洪樂任當如何處之。公念惠慶宮春秋高，自遭大喪，柴毀有朝夕慮，若復戕害同氣，重貽疚戚，非所以體先王孝思也。乃曰："高祖、孝文，西京之興主也，而韓、彭、薄昭之事，先王所慨恨者也，故罪如國榮而終斬孥戮。然在今日之義，當先討國榮。"於是主時論者，益大惡之。

辛酉，拜弘文館·藝文館大提學、知成均館·經筵·實錄事都摠管，尋除司宰監、內醫院提調，拜禮曹判書。

正宗大王臨御二紀，義理之精微，政謨之密察，與夫戒廷臣之朋比，杜戚里之干豫，公所日侍香案，親承明旨者也。至是入告出語，欲以贊初元清明之治，則惟曰："先王之志是繼, 先王之道是遵。"凡有登對建請, 輒述未遑之志事者爲多。及西洋邪敎之獄, 蔓延不已, 至於萬不相及之地, 公謂其不問而致諸法, 殆類楚獄之多濫, 昌言於公坐, 滋與時論不合。

又嘗語時相沈煥之曰: "主上沖年嗣服, 國步艱難, 群下當聚會精神, 以奠民生、固邦本爲急務。今乃汲汲爭門戶, 朝發一啓, 夕罪一人; 今日舉一疏, 明日竄一人。舉措刨勳, 景色愁沮, 非所以導迎和氣也。"

及諸戚里有欲操兵權者, 有欲占科名者, 公斥之曰: "先大王二十五年右賢左戚, 乃是成憲也。敢謂雲鄕杳邈而遽違之乎?"力持不可。公旣屢忤時人, 而戚里之積憾深嫉, 於是乎益交固不, 構禍方急。有臺臣宋文述疏言: "金履喬兄弟被謫, 家有老母, 宜放其兄歸養。"又疑公所使。

五月, 東朝命除全羅監司, 當日辭朝。臺疏相箚, 伺時迭發, 所以詆誣而擠陷之者已甚, 到營五日, 謫配康津縣之薪智島。

八月, 有任時發挂書之獄。前掌樂院主簿尹可基之弟之子, 曾識時發於場屋中, 以是辭引可基。可基, 公所舉也, 而沈煥之謂濫職而見斥者也。時煥之爲按獄大臣, 謂"可基失官怨國, 自嘆'尹判書若在, 吾不至此'。今時發凶書, 必可基之指使, 可基卽某之客, 必通線於島中", 致可基於死。倡率卿宰, 啓言: "可基、時發事, 某宜無不知, 請從臺啓。"

後命至島中, 公北向四拜, 從容如平常, 問於金吾郞曰：“來時上候若何？勸講如前日否？”又曰：“可基曾所識，時發何人也？凶書何語也？”又曰：“死固無恨，惟未得更瞻聖顏與稚子一面，爲耿耿爾。”九月十六日也。

純廟在春宮，眷公已深，及踐阼，倚毗彌隆。時或請假，親札召之曰“倚戶而待卿”；其謫居，敎近侍曰“思見尹某也”。

己巳秋，公夫人躡路籲冤，上御筆題判曰：“常爲冤之，其復官爵。”戚里之前所積憾者，方用事持朝議，竟格不行。憲宗乙未正月，純元聖母始特命復官爵。

方公之廢也，訾公之口，哆若南箕，曰“竊弄威福”，曰“矯稱先旨”，曰“營護邪獄”，曰“忘哀耽榮”，曰“黨私害公”，凡人臣所不當有者，靡不加之於公。其在先朝諸有不得於色笑之際者，尺寸之微，競追咎於公，凡君子所不當有者，又靡不歸之公身。且謂家敗子幼，無能訟冤，而誣辭枉筆，益無所顧藉。噫！可悲矣！雖然，古來匡躬盡節之臣，當時移事變之後，往往有不得免焉，豈獨公爲然哉？

公之際會風雲，爲何如時也？狼狽坎窞，又何如時也？凡公之榮辱屈伸，君子觀人，必有論其世者。蘇文忠公曰：“旣蒙深知於聖主，肯復借交於衆人？”公深愛此語，終身誦之。

正廟嘗論諸臣，至公曰：“尹某只知有國，無朋孤立。”固聖主知臣之明，而公之平生本末，於斯盡之。奉朝賀公旣出入邇密，憲宗大王每稱“先卿遭際明時，勤勞王室”，而屢爲之興感焉。嗚呼！泉途有知，公可以無憾矣。

公孝友根天，內行純篤，文學才猷，爲世共推。而謙虛寡約，不以自多，辭受取與，必審於義。旣貴而居室被服如寒士。器宇凝重，眼光燁然，讀書至古人卓烈之迹，慷慨有不自勝者。尤留心經濟，凡歷代典章，無不講究貫徹。其爲文章，辭達理暢，昌明雅潔。凡遇義理文字，尤多得意，<u>正廟</u>每以此詡之。

所著有遺稿十六卷，採<u>新羅</u>、<u>百濟</u>、<u>高句麗</u>遺事，爲《東三考》八卷，其承命編纂者，有《李忠武全書》、《林忠愍實記》。<u>正廟</u>嘗欲輯朱子諸種書，爲朱子大一統書，義例精深廣博，承命研究有年者也。必欲追成遺旨，去朝而事遂廢，以爲至恨。取<u>皇明</u>及本朝先儒論學之要，爲《性理篇》六卷。其《薪湖隨筆》者，謫中無書籍，惟所携坊本九經、<u>朱子</u>《小學》而已，從漁戶借，乃僅《通鑑節要》、《十九史略》，而商訂經禮，評騭史學，皆自默記追誦。未百日而得二十一卷，公之精力絶人者如此。

其篤志專工，尤在於省察克治。有曰："爲學之要，自不欺始。知而不學，學而不力，欺也。誰之爲欺？欺心也，欺天也，欺先王也，欺先人也。"以<u>不欺</u>名軒，作銘以自警。

葬于<u>龍仁縣</u>之<u>青灘</u>子坐之兆，考<u>龍恩君</u>墓階下。配贈貞敬夫人<u>李氏</u>祔左，牧使<u>命杰</u>之女，<u>宣廟</u>王子<u>寧城君琤</u>之後。夫人事姑，孝侍篤疾三年，族黨見者，莫不感嘆。辛酉禍作，含痛忍死，敎子有成，日夜望門戶計。辛苦萬狀者三十六年，以公復官之歲六月二十八日卒，享年七十有六。嗚呼！公家復存，夫人之力也。

一男<u>定鉉</u>卽<u>奉朝賀</u>也。三女：長適<u>李</u>，次適<u>金用淳</u>府使，次適李用淵。奉朝賀娶高靈朴氏，郡守民淳女；再娶全州李氏，義圭女。屢擧子不育，以族子泰經爲子，今承旨。今上戊午，奉朝賀公進階輔國致仕，贈公大匡輔國崇祿大夫、議政府領議政、兼領經筵、弘文館、藝文館、春秋館、觀象監事。銘曰：

　　正宗有道，鼓舞臣工。誰其興者？太史尹公。維此尹公，聰明特達。心膂股肱，王所簡拔。鴻文鉅典，維公是修。深籌遠略，維公與謀。千載遭逢，公當其盛。孤忠報國，志在授命。公歸在天，亦侍先王。左右陟降，眷顧家邦。際會之難，知者今希。我銘公墓，是用獻歆！

徐石史墓誌銘

石史諱湄，字竹海，徐氏大邱人也。其先有諱沈，師事圃隱鄭先生，仕本朝爲三南均田制處使。世宗時，獻所居地，中坳而四外陡絶爲天塹。上嘉之，從其願，永減本邑糴耗穀三之一。至今子孫蕃衍，人稱惠民爲陰德也。

　　石史生有異質，未弱冠，涉獵百家，爲詩若文，往往驚服先生長者。晚益卓犖不羈，自言：「吾有三大願：觀天下好山水，見天下好人物，讀天下好文字。」家甚貧，妻子饑臥窮山中，顧短筇草屨，日出遊四方。

　　余年十八九，方秋日讀《離騷》。有客弊衣冠，披戶入[3]座曰：「君奚足以識《離騷》？《離騷》不當讀也。」余旣驚怪且危之, 良久曰: "奚爲謂不識《離騷》? 奚爲謂不當讀耶?"
客曰: "少年詩書滿腹, 期明良遭遇, 致隆平頌淸廟. 若楚
大夫失意佗傺之辭, 宜付山澤臞儒徐石史讀之." 余素聞石
史名, 乃與之傾倒, 而同社友生迭相招邀懽飮.

石史喜爲詩, 使人拈韻, 隨押應口成章. 衆欲沮敗以困
之, 故揀僻字奧文, 違拗顚倒, 令辭理橫決窘塞莫可奈何.
然石史益撫掌自得, 頃刻百句, 滾滾不窮, 而篇旣終, 汪洋
縱恣, 亦自可讀也.

石史性愛酒, 飮少輒醉, 然恒大言"一斗一石, 未足以
盡吾量". 其夸張諧謔, 不自矜重. 所從遊, 自公卿貴人至
布衣委巷, 盡一世德業聞望賢豪才俊. 而又未嘗偏係留連,
朝來暮去, 如浮雲轉蓬. 不知者目之以狂生, 石史方自以爲
喜. 酒酣語古人忠孝大節, 未嘗不慷慨泣下. 樂善好賢, 疾
惡如仇, 見人有諛辭詔色, 唾鄙之若浼, 蓋天性狷介而放曠
以處世也.

徵士李公友信隱居砥平山中, 爲學者所宗仰. 石史載
贄往謁, 未及門而先生沒, 以是爲恨. 石史平生有似遊戲人
間, 然聞有經學修謹之士, 靡不往見, 不以千里爲遠.

與余交數十年, 常曰: "吾非謂子之文章好耳, 身後如
得子之銘, 吾且不朽." 今去其沒二十五載, 其季子某以先
人之托, 歲輒來謁. 而余必欲極意爲之, 故矜持且久, 今潦
草幾百言, 或可見石史於筆墨間也.

3 入: 底本에는 "八". 문맥을 살펴 수정.

石史高祖諱光璧，曾祖諱世重，考諱錫胤，皆有文學、篤行。妣安東金氏，就謙女。石史以正宗乙巳生，庚戌八月二十二日卒，葬槐山郡北白馬山。配平海黃氏，男秉倫、秉攸、秉敍，一女適權應河。石史所著述，有詩文若干卷、《湖海周旋錄》二卷，皆當世交遊唱酬之迹也。銘曰：

是必嶔崎傲兀，化爲老柏長松。如其不者，纍纍靑山三尺之封。

處士渲泉申公墓誌銘

處士渲泉申公，以哲宗戊午十一月晦日辛丑，卒于廣州之斗陵鄉廬。翌年三月庚申，葬于楊根郡西娛賓驛後子坐之兆，孺人李氏祔左。胤子耆永撰述公言行，求銘於其友朴珪壽，且曰：“太上立德，其次功與言，是古人所謂三不朽也。吾先人刻厲讀書五十年，沈冥隱約，有抱而莫宣，事功則已矣，德行文章，固不可湮沒於世。然非言不傳，言無文，亦傳不能遠且久，惟立言君子之不朽逝者。”

珪壽通家後生也，義不敢辭，且夙慕公淸修耿介，思欲極意爲文字役，用副孝子心，鄭重沈吟者久之。

嗟乎！公以名門世胄，繩襲先德，卓識邃學，爲時推服。才足以尊主庇民，文足以需世裨敎，而乃終老丘園，未見厥施，可紀者不過內行細節，巾衍遺艸，惟寂寥數部書而已。黃叔度言行無所著見，昔人之所歎息，而今亦云爾。

公諱教善, 初諱述善, 字祖卿, 洹泉其號也。申氏系出谷城。太師壯節公諱崇謙, 爲高麗開國元勳, 殉身救主, 賜籍平山, 後孫遂爲平山人。 入本朝有右正言諱曉, 言事退居, 屢徵終老不起, 自號西湖散人。累傳至諱欽, 領議政, 諡文貞公, 世稱象村先生, 爲國宗臣, 配食仁祖廟庭。生諱翊聖, 尙宣廟第三女貞淑翁主, 封東陽尉, 爲大明守節, 諡文忠公。四傳諱致遠, 知中樞府事, 公高祖也。曾祖諱㷞, 世子侍講院弼善、贈吏曹判書, 有文有行。祖諱師顯, 繕工監副正, 直道忤權倖官不達, 後以二子貴顯, 累封至資憲階知中樞府事。考諱龜朝, 弘文館應敎。妣淑人仁同張氏, 學生禧紹之女; 淑人慶州金氏, 進士漢述之女; 淑人順天玄氏, 僉知中樞府事正宇之女。玄淑人寔生公, 正廟丙午十二月三日壬寅也。

公生而雋爽夙惠, 甫十歲論朋黨爲國家患, 綴文累百言, 見者驚異之。弱不好弄, 簡默凝重, 群從兄弟數十人, 共聚肄業, 莫不敬憚, 而族黨長老, 咸器重之。未弱冠, 游庠序間, 文名藉藉動一世。每大科主考諸公, 爭欲引拔以侈吾榜, 而公謝以庭訓之嚴, 卒不應。諸公皆服應敎公達識, 而於公益傾心焉。

初應敎公被正宗殊遇, 誠切報塞, 性且剛直, 多見忤於世。正廟賓天, 時事多艱, 義理之辨, 久成門戶之爭, 而盈廷士夫, 各有標榜, 恩讐禍福, 行於進退用捨之際。丙寅, 應敎公疾篤臥江上而遭彈章, 平素齮齕者氣益張, 嶺海在前, 事且不測。公焦心竭慮, 乃亟詣當局數公, 明辨其煽恿飛筩、簧鼓外內之狀。數公雅重應教公，又見公風儀和粹，言辭明快，剖肯綮破機括，惟曲當事理，而未嘗有蹙蹙靡騁覥覥可憐之色，莫不動容，慨然許爲之周旋。雖然，公之晝宵不交睫，動至數十日也。當時嬰世故者，鮮得全完，而惟應教公獨無恙，晚境享江湖之樂。

夫爲親排難，子弟事爾。然以藐少書生，值至艱棘至危險，不慴不挫於燎原駭浪之中，卒能有濟，此爲公平生大節，而才具器量，斯可見矣。

應教公既閉門閑居，公怡愉忠養，花竹圖史以供娛樂。與孺人竭力瀡旨，歲時伏臘，奉觴盡歡。應教公悠然自得，不知其見擯於世者，十有餘年。及應教公卒，世父參判公愛公逾已子，而相繼下世。

公遂歸于斗陵丙舍，窮山寥慄，環堵蕭然。處之怡如，專攻經術，誦讀抄寫，日夜不輟。蓋飯疏飲水者三十八年，未嘗一日不對卷帙，而於四子書，能自得師，尤用力於《尚書》，研幾精深。胸次坦夷，持論公平，教子弟循循格言，皆可爲後人訓也。

平昔交游，多一時名宿，而臺山金公邁淳契最深，以道義相切劘。每扁舟相逢，聯枕臥數日夜，商論古今。金公性簡嚴，遇達官貴人，亦少款洽，而獨於公娓娓不厭，家人異之云。

古東李公翊會，孺人之叔父也。雅望爲世所推，而以清操高節，深許于公。北海趙公鍾永爲冢宰，將以公薦繕工監監役，公聞之正色曰："家有從父兄卽宗子也，而貧且老。不此之卹而遠及田野人，吾豈有出山理耶？青松白石，實聞斯言。"趙公益嗟歎，屢邀相見，而竟不應。趙公後語徐公忠輔曰："爲國家守一方面而能無憂，脫不幸其伏節而死義者，惟申某其人哉。"趙公素有鑑衡，且知公爲有用之學，而凡民國利病，治理得失，皆有商度劈畫之可試而可驗者故云爾。

竊嘗以爲食人而治於人者，野人也；治人而食於人者，君子也。得其位而行治人之道，固君[4]也，苟或不然，孰如終無其位而抱治人之道者哉？高標篤行，矜式乎當時；餘風遺韻，想見於後人。而方其在世，孤槁淡寂于衡茅之下者，從古何限？是惟尙德樂道全歸之士也。若夫以是而致恨於先輩長者之阨於時命，亦陋儒俗生之見耳。何足云耶？

公所著詩文，有《渑泉存稿》若干卷；所治經傳，有《讀孟庭訓》七卷、《尙書箚錄》若干卷、艸稿未成畫累數百卷。

孺人全義李氏，牧使靖會之女。友德配美，有女士之行，先公十三年而卒。育二男一女：男耆永，監役；普永；女適沈愚永。耆永男性秀、膺秀，女適尹龍普。普永系子膺秀，女適鄭海周進士，側室男肯秀。沈愚永二女，壻閔性鎬、李載元判書也。

珪壽之先忠翼、文貞二祖，與公先祖文貞、文忠二公，共獎王室，夷險盡節。凡國家休戚隆替之會，兩家之憂樂榮悴，靡不同之，蓋百世子孫有不可忘者。今於銘公之墓，若

---

4 子：底本에는 "子". 문맥을 살펴 수정.

有諛辭，非二祖之訓也。銘曰：

是惟七十三年讀聖賢書，申公之藏。過者必式，尚論彌長。龍門巖巖，洌水洋洋。旣安且固，俾厥後克昌。

諡狀

禮曹判書申公諡狀

聖上十有二年冬，諸大臣相告曰：“故大宗伯申公，卒已十載。節惠之狀，不到太常，今當諸臣議諡之日，獨闕而不擧，則同朝之恥也。雖其弱孫未遑具家狀，而知申公平生者，宜莫如某也。”遂以其咎，歸之珪壽，是固珪壽之責也。然議諡公坐，僅隔一日，倉卒迫急，緬憶其言行，掇拾其文字，不暇修辭，而爲之狀曰：

公諱錫愚，字成睿，號海藏。申氏系出平山。始祖諱崇謙，高麗太師壯節公，佐命開國。甄萱之亂，代太祖殉于桐藪，自是名德相望，爲我東巨閥。有諱浩，以知申事，當我太祖受命，不仕而隱於平山，後贈典理判書，諡思簡。有諱敏一，受學於牛溪成先生，經術名世，孝宗初元，薦授大司成，學者稱化堂先生。是生諱恦，文科府使階通政，丙子斥和議，特贈吏曹判書，諡忠貞。生諱命圭，執義、贈左贊成。生諱鐔，吏曹參議、贈吏曹參判。高祖諱思建，大司憲。曾祖諱詔，感憤丙子南城事，廢擧不仕，專心性理學，與宋文元公明欽、金文敬公元行爲道義交。後值毅皇帝殉社之四周甲申，特贈大司憲，以孫在植之貴，後贈吏曹判書。祖諱光遜，贈吏曹參判。本生祖諱光直，縣令、贈吏曹參判。考諱在業，校理、贈吏曹判書。以文學、行誼，雅重當世，而位不稱德，識者惜之。兩世貤贈，皆以公貴也。

妣贈貞夫人安東金氏，兵曹判書正獻公履度之女。

公以純廟乙丑六月十日生。乙亥先公卒，家有荐喪，弟兄相扶，煢呱若不保。賴伯父鞠養訓誨，已能讀書不懈，十五略通經史，弱冠聲名動一世。戊子，成進士，辛卯，柑製居魁。唱甲午式年第科，冬除假注書。當純廟賓天，史職益倉皇紛劇，而號擗之中，處之裕如，一院倚以爲重。

憲宗乙未，入藝文館爲檢閱。丁酉，祔廟禮成，以陪從勞，陞六品，爲實錄記事官，拜司諫院正言。戊戌，從事訓局，出爲龍岡縣令。先公嘗莅是邑，有遺愛焉，公奉大夫人重到，則感激恩造，愴念遺績，剔弊振飢，靡不殫誠。縣有糶穀剩錢之謬入官廩者，歲爲七八千金，名曰"作餘錢"。人皆認以常供，公獨盡數捐斥，以補民弊曰："吾輩爲治，豈有他術？不過使此數多在民間耳。"

後十年，珪壽莅此縣，聞吏民之言，不用作餘錢者，惟申公一人云。庚子，移除弘文館校理。辛丑，慈聖上號，以都廳勞，陞通政階，爲兵曹參知，拜承政院同副承旨。冬出爲伊川府使。癸卯，拜左副承旨。甲辰，連除至右承旨。

秋丁大夫人憂，哭踊號絕，如將從殉，其於終事，惟恐違禮。服既闋，丁未，除楊州牧使，戊申，拜成均館大司成。

哲宗庚戌，拜吏曹參議，尋除左副承旨，至左承旨。凡銀臺及一官重除，皆不錄。

辛亥, 以璿源殿酌獻禮禮房勞, 進嘉善階, 拜刑曹參判、都摠府副摠管。壬子, 拜同知經筵事, 差承文院提調、同知義禁府事。癸丑, 拜同知敦寧府事。甲寅, 拜同知春秋館事、弘文館提學兼經筵日講官、吏曹參判、漢城左尹, 差司譯院提調。

乙卯冬, 出爲慶尙道觀察使, 辭陛之日, 引見面諭。上敎鄭重曰:"監司面飭, 例也。今於卿行, 特以久於外, 故召見耳。觀卿講筵所奏, 則今於此任, 不須加勉矣。"公逡巡對匪才不敢當, 上曰:"卿之平日言行, 予所稔知, 不必過謙也。"蓋上之知照公眷注公, 若是其深, 而公之才識、器量, 豈止判一嶺南藩臬者哉? 然而詎料公之晚年狼狽佗傺, 乃在於此行耶?

丙辰, 全省大水, 田民之潰決墊溺, 公旣多方拯濟, 而被災田一萬結。啓聞之日, 廟堂減削過半。公上疏辭職, 痛陳災民疾苦, 上特許準數劃給, 南民得免顚連矣。嶺南, 大藩也, 而公之辦理句當, 沛然無滯, 恒多吟嘯之暇, 雅不喜作聰明察察爲能事者。

逮丁巳夏, 以殿最之無下考, 有嚴敎還下啓本, 令改修以上。公以爲旣斷之論, 不可變換低昂, 上疏繳還, 竟遂有罷職之命, 旋蒙甄敍, 拜司憲府大司憲。

戊午, 擢資憲階, 拜判尹, 參兩館大提學會圈, 拜知春秋館事。三月, 嶺南御史徐相至, 論啓公莅藩時有還上穀耗加作之失, 坐謫中和府, 未幾宥還。拜判尹, 嚴敎屢促, 不敢肅命, 投畀畿沿, 旋蒙賜環。

己未，拜刑曹判書，以前事上疏自引，而遂歸蘆原之琴泉別業。時有除拜，雖强起束帶，嘗悒悒不樂，無復當世志也。拜禮曹判書、知經筵事，差內醫院提調。庚申，差謝恩兼冬至正使，赴燕，辛酉三月復命，拜同知成均館事。壬戌，差備邊司有司堂上、釐整廳堂上，拜藝文館提學，差奉常寺提調。

當宁甲子，拜知實錄事，凡國有典禮，屢差製述文字之役，今皆未錄。

以乙丑二月二十四日，卒于嘉會坊第，享年六十一。葬于西郊佳佐洞。

配貞夫人南陽洪氏，校理、贈左贊成勝圭之女。系子泰興，進士早卒。孫養均，女長適金炳淐行吏曹判書，次適金膺鉉，次適李良植假監役。

公容儀峻正，性度寬弘，平心率物，無疾言遽色，推己及人，有和厚氣像，一見而可知爲君子人也。誠孝出於天性，與季氏判書，奉大夫人同處一室，非應事接客，則兄弟未嘗離親側，膝下怡愉如孺子嬰兒之爲。

其視親瘰，秤藥量水，不倩人手，及至遭憂，哀動隣里，糜漿不能下咽。殯斂襄封，誠愼備至，三年之內，不脫經帶。友愛甚篤，與判書未嘗析產異炊，爲士友所嗟歎也。

凡公內行之純篤，修己之粹美，朋友之所共知者多矣。惟是宏博之學、沈厚之識，有足以經濟一代，尊主庇民，而夢想乎前修之典型，慨慕乎先哲之軌躅，自期待固非淺淺爾。從古英俊，有志而未伸，有才而莫展，亦復何限？獨怪夫公之雅量, 庶幾乎千頃陂汪汪, 而乃終有銷磨不得者。

珪壽與公友最善者, 非惟世好也, 切偲故也。每爲公開釋, 未嘗不虛受我言。而其於嶺藩橫遭人言, 介介然不能遣懷者, 誠以皜皜之質, 不欲受纖垢微塵也。

方公之南出也, 珪壽之持斧嶺南, 歸纔歲餘。公謂珪壽曰: "子之別單所論利弊甚詳, 吾可寫去一本, 作按事之指南也。" 仍與論糶糴所謂加作、移貿等耗國病民之弊, 爲之憤歎而不已。公豈纔跡嶺, 而行不顧言, 負朋友者哉?

觀察使營下支用, 原有歲入實數, 恒苦不瞻, 則取用於穀耗, 故加分取耗, 啓請而行之, 遂以爲例, 所謂應加作是也。應之爲言, 應行之謂也。混冒[5]應行而加作不已, 積久之謬弊也; 混歸應作於加作之名者, 爽實之謬說也。游談之士, 驟而論之, 其孰能辨其得失? 公之所以悶懣而不已。而亦觀夫自好自愛, 非俗子凡夫所能論也。

公以淵深純粹之姿、英秀卓絶之才, 家庭詩禮, 早有服襲, 天人、性命, 蓋嘗究心, 沈潛義理, 願學聖賢。

嘗爲文以薦晦菴之書, 有曰"放洿奢泰, 世號良能, 先生正之, 小子服膺", 有曰"地距世邈, 函丈朝暮, 傳以方寸, 萬理悉具", 又曰"稟局形弊, 竟遜稊熟, 恩受罔極, 忝及私淑", 可知其尊慕景行自任者有在矣。

其爲文章, 必根據經傳, 雄渾灝瀰, 文苑諸公, 皆推以大家手。所著述有《海藏文稿》若干卷, 有讀其文者曰: "神

---

5 冒 : 底本에는 "昌". 문맥을 살펴 수정.

采風韻，自露於吟諷著述之間。事業則期於三英，文章則藐視千古。雖志不克伸，而其必傳者在玆。"又曰："繽栗玉珮之美而用之如武庫，感慨釘筑之鳴而裁之以風雅，公實兼之，殆近世所罕。"庶幾其知言者乎！

記歲辛酉，公奉使而還，珪壽有熱河之役，與公遇於遼左途中，爲說燕邸交游之樂。及珪壽到燕，逢中州諸名士，咸推服申琴泉爲鉅儒偉人，稱道惓惓。琴泉，公之一號也。

哲宗壬子之冬，珪壽以侍讀官，公以同知事，嘗同侍經筵，講《孟子·公孫丑》。上曰："予欲行救民之政，而多爲法制所拘，不能任意行之。"公曰："祖宗法制，皆是便民利民之事。豈有拘於此而不可行之理？但殿下勇斷不足，誠心不及。雖有軫卹民生之念，尙無措諸事爲之效。殿下若斷而行之，誠而求之，如寒之求衣，飢之求食，講究施行，豈無時措之良策乎？"上曰："講官之言，政似汲黯也。"嗚呼！公之受知明主，久自經筵，而是日之擬詡以汲黯，豈非所謂知臣者莫如君乎？而可以論定於百世之下矣。謹撰次概略以告太常。

領議政致仕奉朝賀趙公諡狀

公姓趙氏，諱斗淳，字元七，號心庵，貫楊州。上祖諱岑，高麗判院事。再傳而書雲觀正諱誼，入我朝，棄官歸隱。是生諱末生，大提學，諡文剛，爲英陵名臣。又七傳而諱存性, 官知敦寧府事、贈領議政, 諡昭敏, 師事牛溪成先生。
是生諱啓遠, 官刑曹判書、贈領議政, 諡忠靖, 爲孝、顯間
名臣。 又再傳而爲右議政忠翼公諱泰采二憂堂, 景宗壬寅
懟儲獄起, 與忠獻金公、忠文李公、忠愍李公逮于禍。世
稱"建儲四大臣"。是生諱鼎彬, 蔭都正, 取介弟教官諱謙彬
長子諱榮克爲嗣。寔公曾祖也, 繕工監副正、贈吏曹判書。
祖諱宗喆, 宜寧縣監、贈左贊成。考諱鎭翼, 晉州牧使、贈
領議政。 妣贈貞敬夫人潘南朴氏, 右議政忠憲公宗岳女,
以正宗丙辰四月七日子時生公。

　　生有異質, 不妄言笑, 及就傅, 痛自刻厲, 溥心攻苦。
議政公憫其淸脆, 勉令優遊居業, 夜輒篝燈, 不令議政公知
也。純祖丙子, 中司馬試。丙戌, 魁黃柑應製。丁亥, 唱名,
圈授奎章閣待敎。九月, 丁議政公憂。庚寅, 陞六品。壬
辰, 通政。憲宗丙申, 嘉善。乙巳, 資憲。戊申, 正憲、崇
政。哲宗庚戌, 崇祿。辛亥, 輔國。癸丑, 右議政。戊午,
左議政。今上甲子, 領議政。乙丑, 入耆社。己巳, 致仕。
此爲公致位資級。

　　而兩司則司諫、大司憲, 玉署則副校理、應敎、副提
學, 銀臺則自同副序陞至行都承旨。諸曹則參議於吏、戶、
兵, 參判於吏、戶、禮、兵、刑, 判書於吏、戶、禮、兵、
刑、工。京兆則右尹、判尹, 敦府則都正、同知事, 再爲判
事, 樞府則再付判事, 又領事, 間除議政府舍人·檢詳、掌
樂·訓鍊兩院正、 成均館大司成, 屢除弘文、藝文提學, 再
拜大提學, 拜奎章閣提學。兼銜則說書、司書、弼善、宣傳

官、東學教授、經筵·春秋·義禁同知·知事，　經筵則又領事，　義禁則又判事、知實錄事、日講官、特進官、籌司堂上、副都摠管，提擧則承文、司譯、內醫諸院、宗廟署，而宗廟、社稷、南殿、閟宮、訓局、軍監、內醫、司譯、司僕，以都相兼焉。

聯事則《文獻備考》纂輯堂上、《正純翼三朝寶鑑》纂輯堂上、《哲宗實錄》摠裁官、《大典會通》纂輯摠裁官、嘉禮都監提調·摠護使。

奉命則問禮官、冬至副使、館伴。　以勞蒙恩則徽慶園親祭大祝，陞六品；文祐廟入廟都監都廳，陞通政；純、翼兩朝御製奉印時校正閣臣，陞嘉善；翼宗追上尊號時樂章文製述官，陞正憲；《三朝寶鑑》纂輯堂上，陞崇政；《憲宗御製》奉印時校正閣臣，陞崇祿；純元王后加上尊號玉冊文製述官，陞輔國。文豹、上駟錫賚匪頒，二十三。

外職則安岳郡守、黃海·平安觀察使、廣州府留守。而再判度支，八入中書，此可以見歷敭之美、負任之重也。

公以忠藎故家之世冑門子，服襲詩禮，根植孝友。議政公易簀于晉州公衙，千里扶櫬，動合情禮，誠信勿悔，易戚中節。與諸弟同有無，自安其匱，而諸弟常有餘裕。妹李氏婦孀居，尤加憫念，分甘絶少。家災于鬱攸，捐三千緡買宅而安頓焉，周窮卹貧，庀喪助昏，親戚知舊，仰而有賴，此公處家之實行也。

其試於外，　則先之以恩信而剛嚴互濟，率之以威重而廉勤自飭。按兩道課殿最，毋憚大吏。海田失稔，將議振，朝廷以南穀劃送, 兌發翻轉, 未可時月計。公遂陳疏請以延安、白川詳定米之當納惠廳者, 換用三千七百石, 自備千餘斛, 以濟飢口, 所全活甚衆。

其在於內, 則掌兩銓, 擢寒畯振淹滯; 掌國計, 淸理財源, 充羨封樁; 主貢擧, 精白恢公, 士論翕然。此公立朝之盛節也。

充年貢使還, 不以燕貨自隨, 捐度支鑄餘三萬緡, 分散與所識窮乏。提擧舌院, 象胥之以文綺玩好進者, 并斥而不受。此公之嚴於自修也。

其在三事也, 以崇德尙賢爲先務, 或請宣侑, 或請世祀, 或請節惠、貤贈, 或請錄用子孫。

其宣侑則文忠鄭先生、文敬金先生、文純李先生、文成李先生、文元金先生、文正二宋先生, 而忠節公吉再, 高麗忠臣也。

貤贈、節惠則太白四賢沈公長世、鄭公瀁、姜公恰、洪公錫, 悉依洪公宇定已施之例也。故參判李公選、贈參判李公載亨、贈吏參金公信謙、故持平李公鳳祥、贈都憲任公聖周、故同樞金公相岳、故參判李公采, 而文穆公柳崇祖, 加贈貳相, 贈持平李公器之, 亦超贈亞卿而旌閭焉。

世祀則文忠朴公淳、文忠兪先生棨、文簡金先生昌協、文正李先生縡、文敬李公台重、忠貞金公省行、莊武申公汝哲、武肅張公鵬翼、李公弘述、李公宇恒、尹公憼、白公時耈、李公尙、沈公榗、柳公就章、金公時泰也。

其錄用祀孫則吉忠節、文正趙先生、朴文忠、俞文忠、李公選、文忠閔公鼎重、申莊武公、故都憲孔公瑞麟、參奉孔公德一子孫中，蔭職調用。此公之所以樹風聲、勵名教也。

以扶護培植爲己任，聞任公憲晦之賢，尉薦而旌招焉，又剡前參奉李恒老通選之任。節次檢擬，凡有文學行誼之人，必搜訪而羅致之，士之名一藝而占小善者，莫不響和影附焉。此公之所以舉遺逸、獎賢才也。

壬戌，嶺、湖小民，困於還餉積弊，胥動騷擾，特敎設釐整廳，竝捄三政痼瘼。公引皇明張居正一條鞭遺意，欲盡罷列邑還餉斂散之法，一切取給於田賦，設倉分儲以需經用，撰進節目，籌畫詳密，而竟未果行，公常以此恨之。

是年春，哲宗違豫。公以內局都提調，直本院，公服危坐，夜不交睫。內裏傳呼急命入羅蔘，公大驚衄血迸瀉，淋汚朝衣。舁而歸，沈綿跨朔始瘳。

癸亥，上尙靜攝，公以前職入診，面陳保嗇之宜，言辭激切，涕泗汍瀾。上改容嘉納焉。

聖上己巳春，引疾丐休，疏三上，始蒙兪許。宣麻日，召見便殿，宣內饌，親勸法醞，屢示悵缺之意。

翌年秋，疾㞃，猶不廢朔望拜廟之禮。顧謂子姪曰："命乃在天，醫不能活人。吾今年位俱隆，惟靜俟符到而已，安用藥餌爲哉？"竟以十月八日丑時，考終于正寢，春秋七十五。

御醫看病，訃聞下敎隱卒，輟朝停市，致弔賻庀喪葬如禮。是歲有閏，遠期在十一月，將以四日亥時，葬于洪州金井里午坐之原。著有遺藁三十卷，姑未刊行。

配貞敬夫人大邱徐氏，判中樞府事文貞公俊輔女。柔嘉婉嬺，有女士之行，少公年一歲。十四歸于公，事舅姑有深愛，處妯娌無間言，御臧獲恩意藹然。敬奉君子，修飭禮容，白首無替，寔惟夫人壼則之懿，而亦由公刑家之正也。

以從子秉集爲后，前縣令無育，取公從孫同熙爲后。公少游中洲李文敬公之門，又請業於華泉李參判公，受知於楓皐金忠文公。先進長德獎詡而器重之，以遠大期焉。是以聞道早而爲學博，探賾典藝，汎濫百家，於四子書致力尤專。平生需用，在於《魯論》一部，晚年使門生讀而聽之，日以爲課，時又諷誦而迫然樂也。

其文章力追古作者門路，直造二京絶軌而得津逮焉，被金石揭琬琰，春容乎大雅。閎肆浩瀁，應用不渴，潔淨簡古，卓然爲一家言，罔不根據經禮潤飾弘猷。故其見諸事功者，又皆準則乎義理之正。

乙卯間，曹錫雨刊行先集，書中有抄逼尤菴宋先生句。中外多士抗章聲討，輒被譴斥。公奏曰：

"吳爀之疏，處分已下，蓋其無端磯激，提起七八十年已安帖之事，致令朝象不靖。究其迹，則誠可駭也，然其言不可廢之矣。及其對擧之說出，而誇張而變幻事實，窘遁而掩諱本末，自不覺背馳弁髦，譬如逐鹿者之不見泰山。此誠[6]

---

6 誠：底本에는 "誠". 문맥을 살펴 수정.

丙申、壬寅所不敢萌心而發口者，則明發靡屆，有識所同。

第伏念先正臣宋時烈遭遇孝廟盛際， 其所秉執對揚，
卽《春秋》大一統之義。而明天理，正人心，崇節義，闢詖
淫，壁立頹波，以一身而擔當綱常，九死而靡有悔也。故伊
後幾二百年來，服膺而遵守，講明而衛護者，一則曰國是，
二則曰國是，曷嘗依俙於偏私黨同？而雖以一邊言之， 所
以蹈襲而依歸， 直不過自中標榜而已。 其於師道淵源所由
來，臣未之聞焉。而前後辭教中，若曰‘由百世而紛紜者，黨
論也’，若曰‘各爲其師’，若曰‘自是之癖’，我聖上調停包涵之
聖意，臣非不仰認，而亦不能無來後無窮之慮。夫以大定之
國是，而一切歸之黨論，則天下萬事，將從何處下手，辨別
嘉靖。

而從古及今，小人所以借此爲奸，害家而凶國者也。念
之及此，關係非細。伏望淵然深思於防微杜漸之義，并賜收
還，以光聖德，以幸斯文焉。”

聖上甲子，造、仁弘之孫，自稱其祖有冤，籲於蹕路。
公奏：“此兩賊之爲萬世所必討， 國史、野乘， 塗人耳目。
此賊有可稱之冤， 則在昏朝釀成凶禍以致蔑倫敗常者， 遂
無一人可以聲其罪而受誅乎。宇宙間，自無此等大變怪。爲
祖伸籲， 亦有許多般， 而此則斷不當尋常處之。”此可見公
明晰乎淑慝之辨者，無一非學問之力也。至於辛壬大義，卽
公家學也，常訓勅子侄曰：“此乃邦家興替之大關棙，凡在
章甫，疇不秉守？而況吾家子孫乎！如或昧而不省，久而寢
忘，便是忘祖先也。”於此益可以見持守之嚴、名論之正矣。

常謂諸葛武侯、漢壽亭侯忠義正大，千載之下尚有光輝，實爲後生所當尊敬，故恒言不敢斥其名。公聰警絶人，自始學，十行俱下，過眼成誦。燕中紀行應酬詩文，凡有幾卷，皆所默誦追錄，而未嘗裝中携草者也。

公策名立朝四十五年，文學、品行、政術、德業之盛，赫赫在人耳目，楨榦王家，冠冕士流。生而爲聖代之完人，沒而爲叔世之名相，自有積中彪外不可揜者。則又何敢溢其辭，俾後來無所考徵乎？謹撮其最著而纂次之，庸備太常氏節惠之澤焉。

獻議

憲宗大王祔廟時，眞宗大王祧遷當否議

今此廟祧之議，實爲我憲宗大王祔廟而發。惟我聖上承憲宗之統，當躋祔憲宗之日，由憲宗而上溯五世，故眞宗大王當祧。

謹按正宗大王卽位之初，教曰：“宗統大繼序重，雖以孫繼祖，以弟繼兄，祖與兄當爲禰。”竊詳聖意，以繼統爲重，而不以倫序爲拘。今我聖上之處斯禮也，亦不拘倫序，而以繼統爲重，則豈非近法文祖之道乎？

蓋宗廟昭穆，限以四代，先君陞祔於下，則四世以上，不得不祧遷。雖倫序繼統，或有參差，未嘗不以先君爲禰，誠以莫重者傳世之大統也、莫嚴者有限之廟制也。故當祧遷之際，在倫序則親或未盡，而在廟統則世數已盡。於是乎義有所不得不伸，而情有所不得不屈者，由於非祧遷，則先君無以入禰廟；非禰廟，則無以奉先君故也。

凡此義理，已有先儒斷定之論矣。夫廟祧變禮，自昔聚訟而紛紜之議，不過原於同昭共穆不拘室數之說。

然此無經傳明文，特出於賀循之株守已見，孔穎達曲解左氏之筆耳。設如其說，擬之於兄弟繼立之先君，同昭而

奉于禰廟，則猶得在於昭穆四廟之內也。先君本旣父子傳世，自成一代，而時君或以兄繼之，或以叔繼之，乃以此說擬之，則雖欲同昭，莫可行於時君之世；雖欲容主，代必歸於昭穆之外。卽因廟數已滿，原無可奉之地，位次下增，有失陞祔之禮故也。情禮俱失，進退無據，由前之說，尙已見斥於正論，由後之說，益見其窒礙而不通，政是今日之所不得援據者也。

若論歷代已行之典及夫本朝故事，則漢、晉廟制，不合於古，皆不足論。其在唐之宣宗、皇明嘉靖之初，觀乎九廟所祭之主，則莫不以先君爲禰。

惟我世宗三年，祔定宗而祧穆祖，時則太宗方在上王位。宗廟之禮，上王主之，是太宗以禰廟事定宗也。

宣祖之祔仁宗于文昭殿也，仁宗爲先君之兄弟，故雖從議者之言，行同昭之制，而先正臣李滉猶持正論，欲遷睿宗一位。睿宗於宣廟爲高祖，此係原廟之制，非如宗廟之重。而當時大儒之說如彼，夫豈不念高祖之爲親未盡乎？其於廟祧，亶以繼統爲重，可以知矣。

其當顯宗朝，祔孝宗于太廟，而仁宗始與明宗竝祧。于時先正臣宋時烈疏陳仁祖祔廟之時，當先遷仁宗，今日又遷明宗，是爲得禮之正。由是論之，仁宗之未及先祧，蓋緣其時之未遑，殊非禮制之當然矣。抑或不然，竊以爲猶據同昭之說，莫改已行之典也，非是不論昭穆之如何，輒但有祔而無祧也。

伏惟殿下之於憲宗大王，承統之重，實同於繼體；饗廟之禮，莫嚴於尊禰。況復正廟聖教，炳如日星；先正定論，昭載史乘，在今日祧祔之節，恐當有定禮矣。臣未學禮，猥忝詢問，妄論鉅典，不勝惶汗。惟願聖明博採衆議，務歸至當焉。

魯川曰："祔廟議援据經典，垧不可易。昔段茂堂先生作《明世宗論》，以公羊'臣子一例'一語爲主，反覆數萬言，足以息聚訟之喙，而後學多駁之。豈知東國士夫能言之，而其國能決從之哉？然則箕子遺封，有人矣夫！有人矣夫！"

沈仲復曰："祔廟一議，尤爲有功名教。漢儒重公羊《春秋》，而'臣子一例'一語，定陶之議，諸儒未能堅守師說。宋、明又無論已。此議一出，可以息異說之喙而定千百年之獄，豈徒以文爲哉？盥讀再三，不勝心服。"

黃緗芸曰："祔廟議，準今酌古，義正辭嚴，惜有明爭大禮人見不及此。"

梣溪曰："祔廟議，禮義明正，可爲千古廟制之定案。馮、沈、黃三君之評，的確有據矣。尤齋宋文正公之疏，仁、明二廟當先後祧之者，欲正前日同昭穆之失。然此議所云'猶據同昭之說，莫改已行之典，非是有祔而無祧'，卽當時實事也。今或以孝宗不祧仁宗，謂'不遷高、曾，爲我朝典章'，不知仁、明同昭穆已在宣祖之時，妄爲之論。稍有知識之人，亦從而信之。

吁！可慨也。”

廟社大享，誓戒、肄儀移行議

廟社、永寧殿大祀，誓戒、肄儀之行於議政府、禮曹，乃
《五禮儀》定制也。國之大事，祀典最重，聖朝制作，必皆援
據經傳，師古而爲之。

　　謹按《周禮·太宰職》曰：“祀五帝則掌百官之誓戒，享先
王亦如之。”《春官職》曰：“太史戒及宿之日，與群執事讀禮
書而協事。”今誓戒、肄儀之行於政府、禮曹，蓋本於是矣。

　　又按歷代禮志、通考等書，誓戒之必行於尚書省、中
書省，唐、宋以來，莫不皆然，誠以統職聯事之地，宜與百
官、有司震肅潔淸，邀福于大神祇也。

　　今若就行於廟社大門之內，則位次、陳設，旣多偪側，
且於行祀之前，恐有瀆擾之失，甚非所以致嚴廣敬之義也。

　　傳曰：“君子大復古重變古。” 臣愚於《五禮儀》定制之
外，不敢質言，惟願博詢而裁處焉。至若皇壇儀節，蓋有出
於不得已者，恐不當援引矣。

萬東廟儀節講定議

聖人緣情而制禮，故合乎人情，則可以義起。是惟王朝之設

大報壇，而先民之建萬東廟也。

廟以祭之，寔在於壇祀之前，而海左遺黎，感激乎罔極之恩，寤寐乎《風》、《泉》之悲，所以有義起之舉。今茲重建之後，遂將爲王朝祀典，比前日士民私祭，甚盛事也。

夫既爲王朝祀典，則節文、儀物，宜若有增崇於士民之私祭，故宗伯之愼重在此，而至請下詢矣。雖然，郊祀之繭栗、陶匏，所以致敬於尊莫尚也；明堂之茅茨、蒿柱，所以昭儉於貴莫尚也。

昔在建廟之日，凡百禮制，皆出於先正之遺意、大儒之熟講，其於致敬昭儉，靡不酌古引經，簡而得中。今無庸有所增損，而一遵前規，恐爲允當，惟其祝式與時日，不無更加商確。王朝之祭，既行於大報壇矣，今於萬東廟又設一祭，則不可不陳明其別有精義。宜以據一國士民之情，伸百代無窮之慕，爲擧禋祀特薦芬苾之意，另製祝文，遵式永用，以明廟祭之爲士民設，恐不可已。如其不然，既祭於壇，又祭於廟，於昭皇靈，將何以降監其再祭之精義乎？

前日廟祭，行於季春、季秋，而今既爲王朝祀典，則一依大報壇定禮，只行每歲一祭，其在"祭不欲數"之義，尤爲謹嚴。而謹按《大明會典》，建歷代帝王廟，歲以春秋，祀聖帝明王，其子、午、卯、酉，各祭陵寢之歲則停秋祭，蓋不欲疊祭而瀆祀也。

大報壇大享，既在季春，今若援引《會典》定制，萬東廟祭享，定以季秋行事，庶無疊祭之嫌，而允合從周之義，恐未知何如矣。

故相臣文敬公鄭澔，倣朱子《虞帝廟迎送神詞》，有所製二章，而行用於廟祭已久，辭旨感慨，聲韻鏗鏘，今亦依前因用恐好。則樂舞備禮，本不必論，祭官之差送守令，服色之應用祭服，事體當然。而餘外節目，自可推類，以簡爲貴，以約爲敬，惟願博詢裁處。

附錄祝式【有前前大提學製進之命。甲戌九月日。】

神宗顯皇帝位

　　澤流東服，地久天長。

　　慰玆遺黎，虔奉馨香。

毅宗烈皇帝位

　　義光日月，恩深滄溟。

　　于今遺民，感激涕零。

清錢革罷後，措畫救弊議【甲戌正月十三日上殿啓】

清錢通用，蓋出一時權宜，而七八年來，流出旣多，錢賤物貴，自然日甚，貧富俱困，民情遑急。而終不敢遽議當廢者，誠以京外公貨，皆是清錢之委積，則一罷之後，莫有充補之策，而都歸無用之故耳。

　　今者乾斷廓揮，不計帑藏之如何，一朝革罷。聞令之日，婦孺髦倪，懽聲如雷。此誠往牒所罕之盛擧也。

　　然而公貨則竟無需用之資，民財則未見流通之利，此

爲目下切急之憂也。民間貨路，流通無滯，然後公家需用，
漸有灌輸之道矣。如欲貨路之流通，莫如任其自然。如其不
然，而物之出入，或爲之拘執，價之高下，或爲之操縱，則
小民之情，計較利害，轉懷疑懼，而交易之道，從而不順。
古人所云"愼毋擾市"，此之謂矣。

臣謂申飭京兆五部，毋或糾察操縱於物價交易之際。至
於刑曹與捕廳之關涉市廛賣買，本非職掌，無復侵官越俎之
意，并爲申飭何如？錢與物輕重、貴賤，必得其平，然後不
爲民國之害，自昔已驗之迹，不暇悉數而論矣。今玆淸錢之
弊，極甚於近日者，蓋有其故。

甲子以前，許令富民私備物力，設爐鑄錢，而納稅於
官，謬稱公私兩利。而濫惡之錢，遍滿國中，物價騰踊，此
爲病祟。而設爐之民，未嘗不乘時得利，及於近日，此輩刁
豎牟利之徒，揣度淸錢之爲民大患，必將廢罷，而妄生利
慾，輒以鑄錢然後公私兩利之說，綢繆唱和，而煽惑小民，
轉相傳播，則未有令甲而咸謂淸錢必罷。以此之故，百物不
通，交易遂絕。到今淸錢旣罷之後，此輩以爲得計，必欲售
開鑄之私利，流布之說，紛紜未已。此是亂法壞綱，必誅無
赦之類也。開鑄可否，最宜審愼。萬一輕擧此事，則其爲民
國之病，必有不勝言者，不可不嚴加隄防。分付京兆，如有
譸張鑄錢之說，眩惑人心者，必殺無赦之意，使之揭付坊
曲，何如？

今此廢罷之淸錢，卽一無用之物也。民間之破碎鎔銷，
歸於器什，固當任其自然。而至於官庫之充積者，如有一分

變通之道，不妨試可乃已矣。每於年使、別使之行，盤纏雜費之京外除給，其數不少，而換作銀貨，亦爲夥多。今若以淸錢除給，以爲入北之需，彼錢則還歸本處，歲有所減；我錢則自在官庫，歲有所剩。此爲可試之事，而第其錢銀折價之如何，輸載耗費之如何，非通曉慣習於灣柵事情者，不可臆料而懸斷。

領相方帶譯院都提擧矣，博採可否於解事譯員，俾爲稟處之地，何如？

沁都兵餉措畫議

夷情叵測，來去無常，關隘防範，不可少忽。每當倉卒徵發，莫如置兵增戍，則兵餉措畫，係是急務。

今此排斂田結之照例三手糧，寔出萬不得已矣。僉同之論，無容他見，而猶復特慮民隱，有此廣詢廷議，誠不勝欽仰攅頌。

邇來結役征斂之浮高於正賦之外者，年加歲增，邑異規而道殊科，民力之竭，久切有識之歎。

今若查正其宂瑣名目，可減者減之，可革者革之，頓省前日之繁重，則斗米之充補兵餉，尤當踴躍爭先而頌聲作矣。

疏箚【辭職例疏皆不錄】

請設局整釐還餉疏

伏以臣猥膺簡寄，承命南下，按治亂民之獄，講究勘逋之方。其事至慎，其務不輕，而材識庸鈍，僨誤是懼，夙夜踧踖，靡敢自安。惟是辭陛之際，飭敎鄭重；到境之日，恩綸曠絶。

臣於是宣布德意，對揚明命，思欲自效於萬一者，罔非寵靈是憑，辦理有賴，而逋案、獄讞，粗具端緒，今纔次第登聞。查按之際，曠費時日，至承問備，而又此稽滯，盆不勝悚惶之至。

仍伏念今者晉州事變，實是前代之所未聞也。驕兵悍卒，刦將帥而稱亂者則有之；惡少奸人，害長吏而爲賊者則有之，此皆衰季之世敗亂之迹也。安有聖明在上，綱紀無失，懷保小民，德敎日隆，而隴畝襏襫，不安其分，相率而干紀敗常如此之甚者乎？特其窮蔀冤憤之發，實非崔苻嘯聚之勢，則政所謂“得其情，哀矜而勿喜”者也。雖然，人心易動，難平者事耳。臣每中夜以思，爲之寒心。

自臣到晉州按事以來，聽聞所及，大抵可駭。右道之如丹城、咸陽、居昌、星州、善山、尙州、開寧，左道之如蔚山、軍威、比安、仁同等邑，莫不群起胥動，尋事作鬧，或遮擁官長，强求租賦之減額，或驅逐椽吏，攫奪糴糴之文簿，甚者殺人放火，打家刼財，奔騰隳突，無復顧忌，其有間於盜賊之聚散無常者，無幾矣。

彈壓鎮服，方賴道臣之措處，而量其情犯之淺深、事體之輕重，如開寧民變，亦旣不得不登聞。

臣方馳往按查，而際玆宣撫恩綸，特降自天，哀痛惻怛，孰不感泣？從此不靖之徒，亦將帖息奠安，而凡民延頸之望，於是乎益切矣。

嗚呼！斯民也，卽惟我祖宗列聖辛勤鞠養之赤子而以付我聖上者也。胡爲乎一朝自陷於不義，而甘作聖世之亂民，若是之悖也？此其故必有由焉。

此輩之所藉口而煩冤者，卽不過三政之俱紊，而若其剝膚切骨，遑遑焉不保朝夕，惟是還餉之弊，居其最耳。

今夫還餉之爲劇弊，非一邑、一路之患也，卽八路之所同然，而舉國之所深憂也。國計之所以耗竭，民生之所以困瘁，夫人而能知之，夫人而能言之，臣不暇張皇臚陳。而臣於頃歲，忝叨持斧恩命，粗窺嶺邑利病，糴法之廢壞紊雜，已不勝言。今者重來嶺外，中間八九年所，而營邑之俱敗，吏民之胥溺，尤非前日之可比。此豈獨嶺南爲然哉？一方之推而諸路之益甚一日，又可知矣。

古昔之良法美規而民國賴之者，乃今作厲民之階、病國之崇，而莫之更革，莫之救藥。守令而莫之如何，方伯而莫之如何，因循姑息，苟且捱過，沿襲百弊，滋蔓於其中，凡厥條目、細節，更僕難數。而第論目今通國之倉餉，無往非徒擁虛簿耳。

臣今留滯晉州，試舉耳目最近者言之。晉州虛逋，既有查啓專論，而丹城縣者，晉隣之斗大殘邑也，戶不過數千，而還餉各穀爲十萬三千餘石；赤梁鎭者，晉境之彈丸屬島也，戶未滿一百，而還餉各穀爲十萬八千九百餘石。驟而聞之，其虛詭孟浪，夫豈近於事理哉？

如此之類，到處同然，嗷嗷眅眅，靡所底定。郡邑充補之方，都是違經害理之說，朝家蠲蕩之恩，又豈隨聞輒施之事？只是受病者，吾民而已；重困者，吾民而已。

方當昇平無事之時，尙有蠢動迸興之擾，萬有一水旱極備而論賑濟之資，疆場有事而發儲胥之蓄，又豈可臨時倉猝操虛簿而責急於斯民者哉？土崩之勢，卽在俄忽，思之及此，得不凜然？

夫法之善者，未嘗無弊，惟在乎損益、因革，隨其時而得其宜耳。

凡茲還餉之至此，久爲有識之竊歎，而卒莫有改易更張之舉者，誠以其事至難而其政至大也。事物之理，極而必變，窮則必通，安知不有待於今日乎？國家之有大典章、大議論，乃或置司設局，集衆謀而採群策，講磨商確以求至當，宋、明以來，往往如此。其在本朝，亦有設都監時，蓋欲專理此事，不以他務而撓奪，究竟乃已，不致荏苒而停閣故耳。

臣愚竊以爲還餉整釐方略，宜及此時，別開一局，揀選委任，悉具條理，詢訪之遍及於迻疏，折衷之終就於老成，自是次第、節目。而遠溯前代之得失，傍照中國之利弊，巖穴經綸之說，非無可採，而廊廟石畫之論，必有定見，則或宜仍舊而修飾，或可師古而增損。講究一副可行之良規，而討論潤色，爛熳周詳，然後舉而先試於一道，次第通行於諸路。夫如是而積弊終不能袪，生民終不得安，臣未之聞也。

迺者大臣筵白，申禁加作、移貿襲謬之弊，博訪耗穀、經費蕩補之方，遠邇傳聞，大小聳喜。第伏念詢弊於方面大吏，問計於列邑令長，從前斯舉，非不屢矣。而救時權宜，或難與議於經遠，隨處牽補，或未起見於清源，每多掣礙，迄無施措，而輒患經費大絀，無策可展，憂歎而止耳，議論而止耳。

至如加作、移貿之禁，亦何嘗不嚴且重矣？而前後因襲，乃如彼乎。臣所謂"特設一局，專理此事"者，誠恐其因循姑息，荏苒停閣，又復如前日而止故耳。

噫！間架、稅陌，爲涇卒之呼譟；青苗、助役，致金寇之憑陵。國朝之有還餉，其法本美，其效甚大，豈可與前代之疵政謬計，比而論之？顧今日末流之弊，乃有憂虞之不可忽者，臣非敢故爲狂妄之言以動聖聰也。默察於經變之民情，周諮於按事之餘暇，私憂過計，誠有耿耿焉不能自已者。北望宸極，繞壁不寐，聊陳譾愚之見，以備芻蕘之擇。伏乞聖慈穆然遠覽而加之意焉。臣無任云云。

右副承旨違召後自劾疏

伏以臣向奉使命，按事嶺邑，斷獄勘逋，多費時日，自愧匪才，恭俟威罰。及於奏讞之日，大臣之言以爲"要囚服念，縱曰旬時，獄老生姦，在所當念，且其論斷，過存惟輕，請施刊削之典"。

臣之辦理稽緩，無所逃罪，而乃蒙聖主知臣鈍滯縱昧通變之宜，諒臣詳審庶無出入之失，七囚之竟付次律，鉅逋之悉得清帳，凡臣論奏，靡不曲從。

夫罪其人而用其言，帝王之盛節也；身雖廢而言則行，人臣之至榮也。臣方攢頌感激，沒齒無恨，而況復薄譴旋敘，恩除荐降，惟當竭蹶趨膺，何敢逡巡違傲？

第臣向來屢遭人言，多出於常情事理之外。方臣之承命南下也，私心忖度，以爲大嶺以南，古所稱君子之鄉也，寬柔之教、禮讓之俗，嘗爲諸路之稱先，而不幸民擾起於此地，宜其士夫則以爲羞恥，父老則以爲憂歎。雖彼興擾之類，當場肆惡，縱緣愁怨之故，向後追惟，豈無愧悔之心？憑仗威靈，宣布德意，得其情而平其獄，庶幾其無甚難也。

豈意臣到晉州，曾未旬日，諸處民變，相繼迸發，晉獄方張，彼亦聞知，敢肆怙終之勢，全無懲畏之色？其爲駭惡痛惋，大違臣前所計料，而某邑、某郡之如器將傾朝夕欲動者，騷訛虛實，亦復非一。

顧臣所司者，按法之職也；所治者，亂民之事也。雖無折萌弭亂之策，事在省內，豈可閉戶袖手，恬然而不之問乎？此臣所以行關列邑，揭示士民、父老，而欲以激切之辭，發其羞惡之端，警動之語，起其怵惕之心，望其互相戒告，無陷大戮。臣之用心，亦已苦矣。

夫何一輩人等，橫加無倫之謗，謂之以誣衊士林、先輩者有之，謂之以辱及父兄、長老者有之，朋興胥動，叫呶紛放，而以彼之說，奉之爲士論，咎臣以厝激者又有之，臣誠莫曉其何謂也。

凡臣所論責者，悖類之父兄也。此何關於士林乎？所厚望者，讀書之君子也。此何傷乎士林哉？彼之言者，如之何不自處以讀書君子，又不以讀書君子處其父兄，而乃詬厲噴薄，替悖類而訟父兄乎？不意其不解文字，自誣自辱，一至於此。此實一路士林之恥也。若其稍欲自好，粗識事理者，皆應辨之早矣，臣何足多辨哉？雖然，發之者臺章也，繼之者聯疏也，加之者繡論也，可謂拳踢陵踏，體無完膚，遭罹罔測，孰甚於此？

忠信之不足以服人，威明之不足以鎮物，臣之無似，固不足道，而乃所委畀者，寵命也；所承行者，王章也。藉使號令之間，或有抵觸，豈容喜怒之私，輒加侮蔑，無所顧憚，而悖詈醜詆之辭，交發於公車，極意抉摘，而吃飯啜茶之費，乃塵於清鑑，瀆擾褻越，有如彼哉？

臣之溺職辱命，胡爲而至於此極也？自悼自訟，猶屬臣私，有臣如此，赦而不誅，則綱紀不可以復振，命令不可以復行。臣雖無狀，何敢僥倖逭免，耽冒恩榮，而獨不念主威之日輕、朝體之日卑哉？

況臣查逋之案，彌著償誤之狀，鄭完默之不犯公錢，歸之修廨所費，朴承圭之還納移貿，謂在移任之前。一則曰明有下記，一則曰文迹昭然，次第因道臣之枚報，大僚之轉奏，莫不渝雪伸白，以爲曾無所失。人既無失而枉被論勘，則誤查之咎，臣宜自引，陷人之罪，臣所不免，只緣臣之村野固陋，不通世務，執迹論人，妄及於此耳。

雖然，修葺鎭將之廨舍，虛添列邑之倉逋，遍考律令，終無所許，矧其明有之下記，本非勘合之左契，則鄭完默之初無所犯，臣之所未曉也。

朴承圭之王府納供，始則曰"適又移職"；未及還納，繼則曰"遞去之後，錢在本邑"，質言丁寧，盛辭張皇，無非留錢該邑之說。而今乃曰"移任前還納文迹昭然"，審若是也，何苦而不早自辨明於置對之日乎？此又臣之所未曉也。

莫非臣庸愚凟劣而致此紛紜參差之事，顧臣罪負，愈往而愈難賁矣。伏乞聖明亟命士師，議臣之罪，以警具僚，以警將來，臣甘罪爲榮，萬萬無恨云云。

辭藝文提學疏

伏以光陰流駛，孝文殿成事奄過。仰惟屛楣皇瞿，益復靡逮。日吉辰良，廟謁禮成，聖慕克伸，群情胥悅。

仍伏念臣樗散之材，不適需用，瓜落之質，轉至衰朽，念已冷於仕進，分粗甘於家食，直一酸寒老措大耳。豈意初元特達之簡，乃垂不世曠絕之寵，陞之以卿秩，處之以邇密？每一聞命，彌切兢惕。

曾未幾日，旋叨講官之銜，是必風裁端亮，輔導君德者乃可，而臣非其人也；博通經史，論思廈氈者乃可，而臣非其人也；資崇館閣，素儲英譽者乃可，而臣非其人也。簾陛承教，惶汗浹背；香案叨對，龍光遍體。顧問之下，何能有絲毫仰補？退而跼蹐，不省措躬之地。又未幾日，文苑除旨，有隕自天，臣於是震越惄懼，不自知其死所矣。

知哲圖任，明王之盛節也；際會風雲，人臣之至榮也。惟我聖上庶政鼎新，萬物咸睹，濟濟百寮，靖共爾位，臣之受恩，適遭此時，彝性所具，豈不願聯武翱翔而進乎？

然膏雨普潤而臣之被澤爲獨隆，江河同飲而臣之充量已太過，聯翩華誥，偏萃一身，計其日月，不過三改朔耳。雖古之大器大受者，尚可以爲憂，況臣單子之迹、譾薄之才，其疾驟若是而無顛躓之患乎？其滿盈若是而無傾覆之災乎？此臣之不敢進者一也。

且國之設此官，爲掌詞令也。春秋之世，其所以草創之、討論之、修飾之、潤色之者，必更四賢之手，各盡所長。雖有才藝，不得以兼總之，詞命之綦重，蓋如此焉。故唐、宋以來，如陸贄之於翰苑，歐陽修之於內外制，其鴻文，昌明黼黻，卓然爲一代瑰望，然後居之。

夫文者，《文言》所謂修辭是也。臣見識椎鹵，學術空疏，於修辭一事，本不能擬議，特以古文一派爲家世相傳，故人或疑臣略有擩染庭訓。然童年荒嬉，白首無成，忝隆先業，常所愧恨。功令時文，素無冤園之工；駢儷翰藻，竝乏蟲篆之技，尚何以載筆明廷，演絲綸而颺典冊乎？徒貪美官而隳其職，强冒虛名而鮮其實，卽自欺也。自欺不已，至於欺人；欺人不已，至於欺君，臣子之大罪也。臣若掩護已短，顧戀好爵，揚揚靦膺，則是欺殿下也，寧不大可懼哉？此臣之不敢進者二也。

屛伏多日，左右思量，祈免一念，如縛求解。今伏奉景慕宮酌獻禮祭文撰進之命，庚牌儼臨，尤增悚蹙，茲敢悉暴衷懇款於慈覆之天。伏願聖明俯賜鑑諒，仰稟東朝，劃鐫臣所帶之職，俾熙朝用人必適其器。微臣受任，不逾其分，不勝至祝。臣無任屛營祈懇之至。

請還寢萬東廟停撤疏

伏以臣於向日，伏讀我慈聖殿下傳教下者，以萬東廟扁額移揭祭享停止事。十行敷示，反覆惻怛，首述孝廟君臣秉執之大義，次敍皇壇饗祀禮儀之隆盛，而《匪風》、《下泉》之思，日暮途遠之痛，悽傷慷慨，一字一涕，殆令忠臣義士奮袂而起。至若歎廟貌之荒涼，疑壇享之疊設，尤可以仰見大聖人尊周之誠、議禮之精也。

第伏念禮有萬世不易之禮，有一時義起之禮。苟合乎天理人心之正，則始因一時之義起，終可萬世而不易，雖聖人復起，惟以天理、人心之合不合爲斷耳。

制度代殊，沿革靡常，享或有可撤，而惟天子之享，不可撤也；廟或有可毀，而惟天子之廟，不可毀也。以陪臣而享天子于廟，固義起也。然一享之後，則爲萬世不易之禮，而遽然中撤，其於天理、人心之合不合，恐未知何如也。

蜀人慕昭烈之義，一體君臣之祀，杜甫美之；楚民懷昭王之德，一間茅屋之祭，韓愈哀之；南軒張氏之莅州也，立虞帝祠而祭之，朱子有表章之文，是皆義起而不易者也。竊惟萬東廟之不忘明室，昭揭大義，亦猶此意也。

臣請擧華陽建廟之緣起而略陳之。故相臣文忠公閔鼎重嘗奉使入燕，得毅宗皇帝御筆“非禮不動”四字。先正臣文正公宋時烈，斲其所居華陽石壁而刻之，故相臣文忠公金壽恒，作詩以述其事。時烈臨沒，託於先正臣文純公權尙夏曰：“吾欲立廟以祀萬曆、崇禎兩皇帝，齎志而死，君其圖就吾未卒之志。”尙夏與故相臣文敬公鄭澔，承其遺意，營建五架屋，以紙榜祀兩皇帝，此是甲申正月事也。是時肅廟以崇禎皇帝殉社之周甲，愀然興懷，思有以大報神皇之恩，刱建廟之議，詢及大臣。故相臣文敬公李畬、故重臣忠文公閔鎮厚，乃擧奏華陽建廟之事曰：“士民之追思薦誠，與國家祀典不同。故只以簠簋各一、籩豆各二，春秋薦享，而粢盛之供，出於章甫私力。若以屬公田民，參酌割給，則亦可以表聖上今日之心矣。”

英廟甲子，故重臣鄭益河奏曰：“春秋享祀，收合斗米於院屬，苟且甚矣。”聖敎屢加咨歎，令道臣重修廟宇，割給免稅田二十結，於是乎列聖朝所以興感者深矣，所以虔奉者至矣。雖祀典不著於邦家，香祝不降於京師，而其實與皇壇並峙，尊嚴之體、肅敬之儀，薄日星而齊崇，窮霄壤而無弊，嗚呼！豈不盛哉？

神州陸沈，九廟邱墟，鍾簴已沒於煙塵，衣冠無復乎月遊。忌日欑宮，曾見遺民之奠，寒食麥飯，久闕野老之薦。於昭在天之靈，無處憑依，眷顧四海，惟茲東國爲忠義之邦、乾淨之土，是廟之建，寔在其初，雲軿風馭，必臨御於斯矣，必降格於斯矣。烝民之扶植義理者，惟皇靈之賜也；國家之享有福祿者，亦惟皇靈之賜也。嗚呼！豈不重且大哉？

以壇、廟之先後疊設，聖意有此致愼，而禁苑築壇之前，華陽之廟已建矣。其時朝家不以疊享，有撤廟之議；先儒不以私設，有停祭之論，是知壇與廟之同爲莫嚴之禮、不刊之典明矣。

我正廟聖敎略曰：“環東土一草一木，皆皇恩所被，則雖家祭而戶祀，無所不可。況今日中州化爲腥羶，華陽之祀皇帝，是無於禮而合於禮者也。”大哉！王言俟百世而不惑矣。

皇壇之儀，概據《覲禮》“爲宮方三百步四門，壇十有二尋四尺，加方明于其上”。故裸享之夕，玉豆、雕纂，軒懸、佾舞，左右鏘鏘，昭明焄蒿，足以上交神明。而若夫空山清肅之中，一炷香煙，升于白雲，鬱結於巖崖御墨之間，洋洋陟降之靈，於此乎於彼乎，庶幾顧歆而無射也。《詩》云：“神之格思，不可度思。”殆是之謂也。是知壇、廟疊享，無黷於祀典，有合於求神，可不念哉？

且我國典章，一遵皇明之制。謹按洪武六年，旣建歷代帝王廟于京師，二十六年，又命聖帝明王載在祀典者，其各處廟宇，每年定奪日期，或差官往祭，或令有司自祭，禮部悉理之。明朝之帝王廟京外疊設之證，有如此矣，可不法哉？

臣於年前燕使之行，謁孝定李太后、孝純劉太后遺像於慈壽、長春二寺。香火寓在緇徒，而漢人朝士，莫不虔恭獻歆而瞻觀者，以二太后爲神、毅二皇之母后也。

嗚呼！皇明之深仁厚澤，尙今不沫，天下士大夫之心，於乎不忘，有如是焉。況我東方，君臣上下，受天地罔極之恩，揭日月爭光之義，彝性所同，亘萬古而不泯者乎？

今於數百年虔享之餘，一朝無故而停撤，則臣恐皇靈或有所不安，人心或有所滋惑。臣愚死罪歷日怔營，謹考彝章，茲敢冒昧陳懇。伏乞聖明淵然深思，仰稟東朝，將臣此疏，俯詢大臣，使王朝大典禮，務歸至當，以光聖德，以彰大義，天下國家幸甚。

辭特加正憲疏

臣於本月十二日，祇奉恩命，以臣營將佐暨地方官，殲除舶匪，特施嘉獎，資級之增，璽書之褒，至及於臣身。一營動色，歡呼踊躍，而臣之惶愧慙恧，益不知措躬之所也。

伏念臣猥以非才，冒膺重藩，雖尋常文簿按例期會者，猶償誤之是懼，不意夷船溯江闖入。此是前所未有之事也。

始則強求交易，繼又堅要入城，一日二日，漸次前進，由外洋而入內地，乘漲潮而抵外城。臣非不知憑仗威靈，一舉誅滅之爲快，而仰體我聖上柔遠之化、好生之德，拒之以法禁，諭之以事理，優糧饌而賙急，屏威武而不用，開示生路，使卽退去者，不啻再三。而憪然自大，恃其船械之堅牢、銃砲之精猛，點謀悖舉，益肆跳踉，甚則刦掠過江之商船，拘執佩印之將官。於是一城軍民，舉懷憤鬱，不令而咸集，不鼓而競進，丸矢亂發，聲勢相助，莫不拚死生冒危險，必欲屠夷而乃已。

上下要害之防捍，畢竟火船之延爇，以至薙獮無遺種者，皆出於此輩之奮勇出義，初非臣指揮節制之得宜，則臣於是何力之有哉？

噫！彼不過蕞爾一箇船耳。雖其舳柁固於城郭，兵器毒於虺蠆，而其實則進無蟻子之援，退絶蝯窟之歸，不異於自就死地。

臣旣不能承宣德化，撫諭以送，又不能卽日討誅，以昭國威，徒憑群情之憤激，以成一朝之僥倖。左右失據，譴何是俟，今於施賞之日，乃反首及於臣。宜罪斯褒，非榮伊愧。

然此猶臣一身事耳。其爲累聖朝懋賞之典，貽八方傳笑之資，豈細故也哉？至若軍民之效誠竭力，前後赴鬪者，率多可酬之勞，而臣倉卒修啓，不敢張皇陳情矣。到今激勸之聖恩若是隆厚，而使此輩獨抱向隅，則亦臣思慮未周之致，而益不能自安矣。臣謹當分等具啓以俟處分，而凡臣所叨寵命，亟賜收還以安私分。

辭大提學疏

伏以國家之所宜慎惜，名器爲重；人臣之所宜持守，廉防居先。不甚慎惜，輕舉而授之；不甚持守，冒進而膺之，將何以礪世磨鈍？亦何以籍手事君？上下俱失，諒非細故，臣之干冒威尊，再控衷懇，非直爲臣私分而然也。屛伏以俟，俞音終靳，縱念感恩怵義，趨走爲恭，而踰分之寵，神明所忌，匪據之戒，聖訓孔昭，臣之去就，轉益惶隘矣。

持衡文苑，臣非其人，顧何敢妄論文術？雖然，竊嘗聞之，爲文之道有二焉，蓋有經世之文，有需世之文。博通典籍，貫穿百家，根經據史，考古證今，經綸浩汗，富有著述，坐而言之，起便可行，此所謂經世之文也。

無廊廟、山林之別，而有才有學有其識者，以此名家曾多有之。至若掇群言之精英，漱六藝之芳潤，抽陸離爾雅之筆，振渢融和平之音，黼黻黑白，絺繡而成章，管絃絲竹，迭奏而協律，藻思泉湧，雄辯河決，敏給則立馬而一揮九制，瞻富則染翰而頃刻萬言，以其酬接萬事，應用不窮，故謂之需世之文，而館閣需用，以此爲先。臣於二者，無一能焉，而濫叨之職，又況需用是急，則其將何所藉口而冒居是任哉？

臣之前後受恩，天高地厚，頂踵毛髮，俱非己有。凡於任使之際，苟有近似之實，則唯當殫竭，不擇夷險。今茲仰首鳴號，至再至三，非敢依仿故事爲此飾讓也。誠以捨其實而取其名，非懋官之政也；無其實而處其名，非入官之義也。官名以文，而人實無文，名實乖舛，孰甚於此？此又臣所云"上下俱失，諒非細故"者也。

臣若一出而自試，必見百疣之畢露，何敢計在護短？唯恐上累聖鑑，用是繞壁徊徨，百回量度，瀆擾之誅，不暇復顧。茲敢瀝血申籲，伏乞聖慈特賜鑑諒，亟許鐫免，回授可堪之人，以昭天職之重，公私幸甚云云。

乞解內閣提學箚

伏以臣於日前蹙伏惶恧之中，忽聞司烜之木鐸有警，象魏之舊章方救。念君父震警之憂，切臣子奔問之誠，拚棄小廉，倉皇顚倒，徑入脩門，叩謝文陛，未暇顧逡巡之義，內實懷踧踖之心。及夫趨陪前席，天語溫粹，慰勉委曲，至及於兩朝之眷注，慈聖之倚毗。臣之中腸，頑非木石，冥非豚魚，安得不雙淚沾襟，幾至嗚咽而失聲？

追念昔年，盛德不忘，躬逢今日，君恩未報。天地父母，臨之在上，白首餘生，惟願捐軀。而聖明敎以無復巽讓，賤臣對以不敢荐瀆。誠以君臣之際，感激惻怛，生死夷險，不遑他顧，是乃彝性之所同得也。

臣於當日所值如此，其非泯涊忘恥，冒據匪據，又非量能度德, 挺身擔夯, 是必有恕其情而哀其志者也。雖然, 懇汗浹背, 中夜繞壁, 辭免一事, 姑不敢言, 而惟望揣度幾時, 厚蒙聖主生成之澤矣。第臣前所猥忝內閣之銜, 尚未蒙遞改之命, 揆以格例, 不宜仍帶。伏乞聖慈俯賜鑑諒, 特命鐫免, 以安私分, 千萬幸甚。

賓對上殿啓

臣非敢以大官自居, 而輒效登筵之奏矣。然幸逢聖明, 得借方寸, 則區區願忠, 亦何敢自外其獻芹之誠哉?

臣以講官, 橫經廈氈, 十年于茲矣。仰睹我殿下聖學將就, 聖志奮發, 日益進於高明廣大, 不勝欽頌攢祝。而竊以爲學之爲言效也, 效法聖人之道, 莫善於法祖宗。惟我殿下承祖宗之統, 踐祖宗之位, 行祖宗之禮, 所撫臨者, 祖宗所遺之黎庶也; 所守成者, 祖宗所傳之寰宇也。恭惟列聖朝盛德大業, 丕顯丕承, 式至于今, 垂裕無窮, 以基我萬億年靈長之運。今日殿下求治之要, 豈不在於效法而繼述之乎?

武王之達孝, 必稱以"善繼其志, 善述其事"; 傅說之論學, 亦必曰"監于先王成憲, 其永無愆"。就近日進講《詩經》言之, 雅頌諸篇, 莫非追述先王之功德, 啓發後辟之興感。今殿下以繼述爲志, 以成憲爲監, 如聞生民之疾苦, 則必曰"昔我祖宗, 何以懷保"; 如接郡邑之利病, 則必曰"昔我祖宗, 何以經理"。有一事之疑難而必念祖宗之施措, 當萬幾

之浩繁而必念祖宗之憂勤。 其在燕閑之中， 如有悅耳目而
娛心志者，亦必曰"我祖宗亦有是否"，惕然警省，對越監臨。

凡厥行政、施仁、用人、處事之際， 必審乎大小、緩
急之別， 必愼乎公私、義利之辨， 自然有合於先王之志事，
無忝於先王之成憲，大公至正，仁聞四達，邦本固而民志定
矣。

惟我朝立國規模，正大光明，凡諸治法、政謨，皆由經
筵而出。日三晉接，討論經史，正所以講究義理、鑑戒治亂
也。是故講讀之餘，登筵諸臣，卽席奏事，大官則建白而取
裁，儒臣則獻可而替否，觀於朝講之規，則治法、政謨之由
經筵出，斯可知矣。

伏睹殿下臨御以來，日開進講，誠以禮貌之簡易，召接
之親近，還有勝於法講故耳。然而講讀音義，計第十遍，上
有發問，下有敷陳，如是而止矣。雖大官登對之日，未必急
務之稟裁、庶事之評議，則竊恐經筵講讀，自爲一事；治
法、政謨， 自爲一事。 如以民憂之目下緊關、國計之久遠
經濟， 隨事隨幾， 時賜詢問， 不嫌支離， 孰敢不仰體聖意，
有補於黈纊？ 而惟我聖上亦必樂此不疲， 一切治道，自經
筵出矣。是又法祖宗之要道也，伏願殿下，懋哉懋哉。

賓對上殿啓

今年卽惟我太祖大王定鼎漢陽之舊甲也。 創業垂統， 啓佑

我後王後民，式至于今甲戌凡八回矣，而亦粤我英宗大王誕降之舊甲三回矣。

太祖大王聖德神功，巍巍蕩蕩，寶籙靈長，流澤熙洽。英宗大王久道化成，厥享國五十餘年，郅隆之治，比侔三代。蓋敬天勤民，卽我家傳授心法也。

竊伏念敬天之實，在乎勤民；勤民之要，在乎節儉。臣嘗奉玩太祖御筆淑愼翁主第宅賜券，乃不過草舍三十間。於乎盛哉！節儉之德，高出百王。而英宗大王衣襨不用紋緞，輦輿不用金銀。丙寅、辛巳，皆有聖教，以敦樸爲先務，以懷保爲一念。自天佑之，民殷物阜，享有多福，壽考作人，至今遺澤，浹人肌髓，莫非節儉之化所由致也。

臣於向來講筵，曾以《龍飛御天歌》之多有陳戒，仰請進覽，而其卒章有曰"千歲默定，漢水之陽，累仁開國，卜年無疆。子子孫孫，聖神雖繼，敬天勤民，酒益永世"。

今當定鼎之舊甲，重回誕聖之熙運，正是我殿下對揚天休之日也。興感於創業之艱難，繼述乎節儉之盛德，以敬天勤民之實，致酒益永世之效。"誠小民，祈天命"，此之謂矣。惟殿下懋哉懋哉。

賓對上殿啓

臣竊謂聖王礪世之具，莫如崇名節以礪廉恥。蓋名節者，非一朝襲而取之也，必其平日砥礪其名行，然後方能事君盡節。故人主之所以興勸獎用，將爲緩急之可仗。列聖朝之培養作成者，尤以名節爲重，維持紀綱，振舉風俗，而惟是廉恥卽其修名節之要耳。孔子曰：「道之以德，齊之以禮，有恥且格。」孟子曰：「恥之於人大矣。不恥不若人，何若人有？」

雖以君相之交修言之，伊尹之佐成湯也，曰：「予不克俾厥后惟堯、舜，其心愧恥，若撻于市。」成湯方修堯、舜之政，而伊尹惟恐其不克而爲愧恥，則以成湯日新之工，必有聖人知恥之勇，孚格於上下。況其建中于民，無從匪彝者，豈不以勵廉恥爲先乎？此古昔聖王賢臣之盛德大節也。

朱夫子嘗告孝宗曰：「紀綱不振於上，風俗頹弊於下，惟得之求，無復廉恥，不復知有忠義、名節之可貴。其俗已成之後，賢人、君子，亦不免習於其說。」大抵習俗之膠痼，專由於廉恥不修，名節不講，駸駸然至於莫可收拾之境，則今當欲法堯、舜之時，紀綱風俗，漸不如古，其爲愧恥，豈不甚矣乎？

夫浸灌以禮義之教，獎勵其卓異之行，使之知所趨向，在於導率。《成湯之誥》曰：「惟皇上帝，降衷于下民，若有恒性，克綏厥猷惟后。」勵廉恥，卽亦順其恒性，克綏厥猷之義，惟殿下懋哉。

臣以無似，備位三事，無一分報效於成就君德、贊揚治化，而竊祿尸位，已踰半載，中夜循省，卽不免無恥之鄙夫耳。今借方寸之地，仰陳堯說，而其在勵廉恥之道，臣宜早蒙斥退，無至於徒言之歸。惟伏冀劃賜鐫免，以幸公私焉。

賓對上殿啓

近日慧孛示警，恒雨無節，我聖上惕然修省，十行絲綸，深察弊源，痛禁奢侈，申戒中外，卽此施措得宜，有足消弭氛祲矣。

第如臣無似，備位三事，燮理之化，毫無裨補，災異之見，豈非厥咎？惟願斥退，以答天譴。然猶區區愚衷，不敢不粗陳蒭說，庶備採擇。

竊以爲皇天無親，克敬惟親，則應天以實，豈可以虛文爲哉？聖王所以克享天心，與天合德，蓋其欽欽愓愓，造次食息，惟以代天理物，作爲己分內事，斯須之頃，未敢忽焉，則一政令、一施爲，莫不實心以出之，實事以行之。於是乎民蒙其福而自天佑之，四海之內，無一物不得其所，而咸囿於太平仁壽之域。

降及後世，所以事天敬天，未免爲節文、儀制之循行故常，一遇災眚，未嘗不恐懼警惕，修擧一二弊政，而踰時過境，還復因循。應天之以實以文，其有不同，乃如此矣。

人爲天地之心，而人君之一動一念，直與天通。是故一念之善，足以致景星慶雲；一念之非，足以致災眚氛祲。一念之善，民有終身而受其惠者；一念之非，事有海內而被其害者，可不勉歟？可不懼哉？

惟我殿下，聖智天縱，勵精求治，仁民愛物，至誠惻怛。今若於一日之內，試念八域民一日之事，鰥寡孤獨，窮迫無告者幾人矣；水火盜賊，殘害性命者幾人矣；橫罹獄訟，敗家失業者幾人矣；抱枉懷冤，無處伸白者幾人矣；扶携流離，宛轉道路者幾人矣；不堪征斂，賣子鬻妻者幾人矣；官長貪饕，不保田宅者幾人矣；山採林樵，虎食蛇噬者幾人矣；服勤南畝，病于夏畦者幾人矣。

此皆殿下之赤子也。以殿下爲斯民父母之心，其必丙枕靡安，玉食靡甘，憫惻矜憐，思所以拯濟而安頓之矣。如欲拯濟斯許多生民，安頓此許多赤子，殿下其將何術以行之？何道以治之？

以臣愚昧，百回思量，終不能得其術、得其道，而爲殿下陳之矣，無已則竊有獻焉。殿下臨御以來，臣隣陳勉之言，必曰："人主一心，萬化之原。"此固千古不易之正論，而殿下之聞此說，亦已多且久矣。安得不支離可厭，同之於老生陳腐之常談哉？

今臣所獻，未暇敷陳斯言之爲千古不易正論，而輒敢曰"我殿下必有拯濟斯生民，安頓此赤子之心，而必求拯濟安頓之術與道矣"，是惟在殿下一心上耳。誠若是焉，則今日國計之耗絀，不足憂也；風俗之侈靡，不足論也；彗孛之爲眚，行且自消而自減矣。惟殿下之懋哉。

【讀箚後，公又奏曰："昔唐憲宗時，李絳[7]爲相，暑月引對，論治道於延英殿。日旴汗透御衣，絳惶恐欲趨出，帝曰：'朕宮中所對，獨宦官´女子耳。與卿講天下事乃其樂也，殊不知倦。'至今稱其盛美。雖然，在臣下，安得不慮上體勞倦乎？臣亦欲讀箚訖，卽請退出矣。方臣上殿，司謁私

---

7 絳：底本에는 "絳". 역사 사실에 근거하여 수정.

語臣曰：'日熱如此，讀箚外請無張皇敷陳。'大官召接，奏事繁簡，此輩何敢左右乎？事甚駭然，請付有司論勘。"】

乞解右議政疏

伏以起感忠義，特拜關廟，克詰戎兵，歷臨館所，盛德在金，順時行令，都人士女，欣瞻羽旄。而臣以寒疾，未能陪扈於鸞旗、豹尾之間，悵戀惶恧，歷日未已。

伏念臣於日者冒陳衷懇，敢恃仁愛之天，曲垂矜諒之澤。及奉賜批，不惟未蒙允許，反邀鄭重辭教，惝恍震越，靡所措躬。

凡臣所以鳴疏丐免，豈敢占便宜為身計而已哉？嗟乎！士生斯世，世受涵育之恩，躬逢熙洽之運，雖在草野韋布，孰不願致身明廷，自試自效於百執事之列乎？

臣自就塾皷篋之初，以至策名通籍之日，立身事君之節、尊主庇民之道，其於昔賢之大業、前輩之偉績，歆羨乎竹帛傳記，粗聞乎父兄長老。於是乎發大心願，思欲幾及，縱云癡且妄焉，而區區一念，亦豈後於人哉？

雖然，當官盡職，隨事殫誠，可自期者臺閣是也，經幄是也。字牧之任、方面之責，凡百有司之事，皆可以矢心惕慮，自期其對揚報效，不負夙志。而至若三事大官，不但愚臣之夢想所不到也，世間何人可能自期於平素哉？

臣本家世儒素，鍾鼎、軒冕，何曾是分所當得？而憑恃寵靈，竊自意可幸無罪。及此一朝，冒入中書，凡耳目之攸及、思慮之所發，一事一言，初非平日之所講磨擬議，則隨處生澀，到底拘泥。其爲疏迂醜拙，自不能掩，始乃知此事句當，不可任書生俗士株守一得而徒取黃卷陳腐之餘矣。

臣之不勝其任，自分如此，況又衰病相仍，萬難自力。呈露醜穢，悉暴前疏，今不敢復事張皇。祇伏望早賜鐫免，投閑江湖，飲水調藥，庶可引年，餘生歲月，莫非聖主賜也。衷情懇迫，攢手顒祝，伏乞聖明念臣職之不宜瘝曠，察臣情之亶出悃愊，憐之憫之，特許遞改，以幸公私。臣無任屏營祈懇之至。

乞解右議政疏

伏以臣於日前，冒昧陳章，再申前懇。伏奉批旨，若曰：“卿旣云‘尊主庇民之道，曾所粗聞’，夫中書之責，只任其尊主庇民也。卿又云‘凡百有司之事，皆可報效’，夫大官之職，特總其凡百有司也。”又曰：“君臣情志相孚爲貴。輔相去就，關係不輕。”奉讀之下，不勝兢惶戰慄。

緣臣精神昏憒，文字荒拙，有若愚癡之辭，自詡而自夸，君父之前，何敢乃爾？祇謂是披瀝衷情，而竟未能感回聰聽，拊躬懃悼，不知所云。

夫尊主庇民，非臣之所獨聞也，孰無訓誨之得於父兄？凡百報效，非臣之所獨願也，孰無忠愛之根於彝性？特以臣之菲才薄識，已試不驗，凡厥所聞而所願，曾無毫末盡分之可稱，則其中書之責任，百司之特總，尚何長短能否之足論哉？揣分量力，自知不能，而貪戀寵祿，遲回因循，其將廉恥之謂何？名節之謂何？

竊伏念人主御世之要，莫先於崇名節、勵廉恥。所以興勸培養，亦惟列聖朝盛事也。以臣無似，雖不足擬議及此，而儻蒙恩諒，得免大償誤、大玷辱，人或曰："此子之不能而止，亦粗識廉恥者耳。"是可爲明時塵埃之報，而成就晚節。是爲情志之交孚，進退雍容，益見關係之不輕。豈不公私兩得而臣主俱榮哉？干冒威尊，悸慄添疾，敢於牀茲委頓之中，乞被終始曲庇之恩。

伏望聖慈特垂矜憫，俾愚臣老病殘質，早有以感激洪造，歌詠厚澤，優游自樂於姘幪涵育之化，使朝野之見，咸仰聖度天大，無一物不得其所不遂其願，則不亦休哉？

請疏儒裁處聯名第二箚子

伏以臣等干冒威尊之辭，宣出憂愛之誠，顒祝開納，未蒙俞允。至以當初定律，臣等與議之意，批敎鄭重，惶懍悚息，不知所云。

第伏念律設大防，使斯民知畏而無犯也。囚有服念，亦先王審克之明訓也。若以犯律必殺無赦，則適輕適重之間，仁愛惻怛之意，不可復施，是豈立法制律之本旨哉？

今此疏儒處分，誠以向者飭教，既嚴且重，而儒生之又此煩瀆，其習可痛。況有重律之昭揭，無異象魏之懸法，彼乃瞀不畏死，縱恣無憚，此而不加嚴誅，其將民不信令，綱紀日墜。聖意所在，以此之故耳。

臣等竊以爲草野愚生，徒守迂滯之見；酸寒腐儒，不識通變之宜，往往狂言妄論，觸犯人主之威者，古亦有之。或恕其狂妄而不加之罪，或怒其狂妄而必置之辟，是不過一時政令間事，則無足關係於治忽，而紀在史乘論其得失者，非他也，以其士子故耳。

惟我聖朝五百年培植養育，專在於士子之爲國元氣，故有善而嘉獎之，有過而包容之。凡今日章甫青衿之子，莫非沐浴乎列朝之聖化，歌詠乎列朝之盛德者也。以是之故，今彼疏儒敢恃列朝之深仁遺澤，有此自陷重律之歎。

論其犯，則雖係罔救；原其情，則不無哀憐，其罪輕重，誰能分別？遐邇傳聞，易惑難曉，是惟臣等區區憂慮，或恐上累聖德，下致群疑者也。

茲敢冒死聯籲，伏望聖慈特重仁愛惻怛之政，有以裁處，大慰輿情，則下民之信令，綱紀之日張，於是乎不期然而然矣。無任披瀝祈懇之至。

相議定律批旨還收後聯名箚子

伏以臣等荐承嚴批，衷情震越，泥首胥命，譴何是甘，詎望慈覆之天，曲垂涵容之恩？迺茲誨諭而開釋之，句語而還收之，不賜威罰，反侈禮遇，聚首感悚，曷有其極？

第伏念臣等課日陳章，誠淺辭拙，竟未能孚格天心，撫躬戁惡，無地自容。而尤所滿心惶愧者，向日筵敎之截嚴，蓋欲伏閤儒生，震慴竦慄，莫敢復事煩耵。所以擬諸極律，使之知畏，臣等之仰揣聖意，寔出於此矣。

及承批旨，有若此輩之當用何律，曾下其議於臣等，講磨而酌定，誠不覺惝怳驚悚，繼之以憂歎也。

刑罰之世重世輕，律例之有增有減，王政之至重且大者也。《書》曰："庶獄庶愼，文王罔敢知于茲。"夫文王德爲聖人，尊爲人君，然其於刑政，一付之有司，不以己意參之。故周公之告成王，不曰"罔知"，而必曰"罔敢知"。罔敢者，不敢之謂也。然則此事之至重且大，可以知矣。

是故歷代以來，如有刑律之輕重增損，隨時變通者，則必皆九卿之職、博士之官，會議朝堂，反覆論難，審輕重於錙銖，愼加減於尺寸。得其允愜人情，行之無弊，然後載之闗和，懸之象魏，其謹且嚴如是矣。

今患狂妄之夫，輒犯雷霆之威，欲其消沮退縮，一有赫怒辭敎，爲人臣者，不復念得失可否之如何，造次筵席之間，唯唯承奉，遂以爲定律，曾無以古聖人丁寧告戒之訓，陳於王前，則其爲忘君負國，罪當何居？

昔者武王以妹土封康叔，而憂其民之湎于酒，作《酒誥》曰："厥或告曰群飲，汝勿佚，盡執拘以歸于周。予其殺。"先儒之言曰："予其殺者，未必殺也。"夫群聚而飲酒，誠可禁也。若夫盡執歸周，殺之無遺，是豈仁人之事哉？蓋武王姑爲此嚴厲之語，欲使妹土之民，警畏而變汚俗也。先儒之訓，眞得武王之旨矣。

臣等所以仰望我殿下，亦惟武王之未必殺也。如其不然，而早已仰度於上意之逤以爲定律，則豈不齊聲論奏於法理、事體之萬萬不可？而無所爭執，含默而退，順一時激惱之敎，啓萬世無窮之弊哉？

於是乎臣等之罪，逤陷於忘君負國之科矣。今者幸逭，何敢自恕？欲望聖朝立賜斥退，以顯不忠、不職之罪焉。

乞解水原留守疏【丙子十二月二十五日，公口呼此疏，越三日捐館。】

伏以天佑聖孝，吉慶大來，顯揚追闡，次第將擧，群情歡忭，曷有其極？

伏念臣之居留華城，特出我聖上惠養老臣之至意，臣旣感激殊恩。且伏念密邇眞殿，陪扈珠邱，所以寓慕伸誠，竊自喜得有其地。

雖不幸歲值大饑，殫誠荒政，苟能濟活此一都生靈，亦臣分憂之責也，何敢辭焉？不意莅任數日，无妄一疾，乘虛而發，閱月跨時，至今百有餘日矣。

醫藥莫效，日以沈篤，以今見狀，恐無以收拾精神，鉤稽金穀，各有條理，宣上恩德，以大慰我待哺望救之萬口饑民也明矣。臣病之危篤如此，民情之遑急如彼，此非臣旦刻淹滯之時也。

　　茲敢悉暴事狀，冒陳衷懇。伏乞聖明特許甄免，使百里民命，得免仳離顛連之患，俾臣得以安意調病，倖得延活，何往非聖主恩乎？臣無任屏營祈懇之至。

著者 朴珪壽

1807年(純祖7)~1877年(高宗14). 19世紀 歷史的 激變期의 한가운데서 活動한 實學者이자 開化思想의 先驅者이다. 本貫은 潘南, 字는 桓卿·禮東, 號는 瓛齋·瓛卿, 諡號는 文翼이다. 燕巖 朴趾源의 孫子로, 어린 時節 外從祖 柳詠, 戚叔 李正履·李正觀 兄弟에게 受學하였다. 24歲 때 孝明世子가 夭折하자 衝擊을 받아 18年 동안 隱遁生活을 하며 學問에 沒頭하였다. 1848年 5月 文科에 及第해 벼슬길에 나선 以後 平安道 觀察使·大提學·右議政 등 高位 官職을 歷任하였다. 安東 金氏 勢道 政權을 뒤흔든 晉州農民抗爭(1862), 最初의 對美 交涉과 武力 衝突을 惹起한 제너럴셔먼호 事件(1866), 全面的 對外開放을 招來한 日本과의 江華島 條約 締結(1876) 等 民族史의 向方을 決定지은 重大한 事件들에 깊숙이 關與했다. 1861年과 1872年 두 차례에 걸친 燕行을 通해 中國 人士들과 널리 交分을 맺었고, 이를 通해 東亞細亞를 中心으로 急變하는 世界情勢에 對해 識見을 넓혔다. 英·正祖時代 實學의 成果를 繼承하여 當代의 文學과 思想에도 相當한 影響을 끼쳤으며, 金允植·金弘集·兪吉濬 등 開化運動을 主導한 人物들이 그의 門下에서 輩出되었다. 著書로《尙古圖會文義例》《居家雜服攷》等이 있으며, 文集으로《瓛齋集》이 있다.

校勘標點 金荣植

1967年 忠北 鎭川에서 出生했다. 成均館大學校 漢文敎育科를 卒業하고, 翰林大學校 附設 泰東古典硏究所에서 漢文을 受學했다. 成均館大學校 漢文學科에서 碩士와 博士學位를 받았다. 現在 成均館大學校 大東文化硏究員 據點飜譯硏究所에 在職 中이다. 博士學位論文은〈李圭景의 五洲衍文長箋散稿 硏究〉이고, 飜譯書로《無名子集 5·6·13·14》《瓛齋集 1·2》가 있으며, 共譯書로《옛 文人들의 草書 簡札》《朝鮮時代 簡札帖 모음》《完譯 李鈺全集》《金光國의 石農畵苑》等이 있다.

圈域別據點研究所協同飜譯事業 研究陣

研究責任者　李昑昊(成均館大學校 HK 教授)
共同研究員　李熙穆(成均館大學校 漢文學科 教授)
　　　　　　陳在敎(成均館大學校 漢文教育科 教授)
　　　　　　安大會(成均館大學校 漢文學科 教授)
責任研究員　金榮植
　　　　　　李霜芽
　　　　　　李聖敏
先任研究員　李承炫
　　　　　　徐漢錫
研究員　　　林永杰

校正　　　　鄭美景

校勘標點
瓛齋集 1

朴珪壽 著 | 金榮植 校點
初版 1刷 發行 2018年 12月 31日
編輯·發行 成均館大學校 出版部 | 登錄 1975. 5. 21. 第1975-9號
住所 (03063) 서울市 鍾路區 成均館路 25-2
電話 760-1253~4 | 팩스 762-7452 | 홈페이지 press.skku.edu
組版 고연 | 印刷 및 製本 영신사
ⓒ 韓國古典飜譯院·成均館大學校 大東文化研究院, 2018
Institute for the Translation of Korean Classics·Daedong Institute for Korean Studies

값 20,000원
ISBN 979-11-5550-306-5　94810
　　　979-11-5550-305-8 (세트)